UAO
Universale d'Avventure e d'Osservazioni
4

Edoardo Erba

Agenti senza pistole

disegni di Daniele Panebarco

Edoardo Erba
Agenti senza pistole

disegni di Daniele Panebarco

ISBN 88-88716-36-X

Prima edizione maggio 2005
© Carlo Gallucci editore srl
Roma

ristampa
7   6   5   4   3   2   1   0
anno
2008   2007   2006   2005   2004

galluccieditore.com

La squadra	*pagina* 7
La Maschera del Faraone	41
All'inseguimento	85

Un ringraziamento speciale a Giorgio Terruzzi e Valter Lupo a cui devo molte delle idee contenute in questo racconto. A Marianna perché mi ha aiutato a capire cosa piace ai bambini. E a Leonardo per la sua allegria.

1
La Squadra

Gran brutto inverno quell'inverno per la polizia di Lecco. In una sola stagione sedici ville svaligiate non erano bruscolini. Se poi si andava a vedere quel che era sparito! Trentanove quadri d'inestimabile valore, quarantasette servizi di argenteria, ottantaquattro vasi cinesi, novantotto tappeti persiani, due levrieri afgani e quattro gatti soriani. E loro, i poliziotti, non avevano ritrovato un bel niente. Cioè qualcosa sì. I gatti.

Agenti senza pistole

A un cassonetto delle immondizie che mangiavano lische di pesce. E anche i due levrieri. Fermati per eccesso di velocità perché andavano a novanta all'ora in un centro abitato.

Sì, accidenti. Avevano passato un inverno tosto. Ma la primavera non era stata migliore e al commissario Luigi Gatti qualcosa diceva che l'estate sarebbe andata da schifo. D'altra parte come faceva lui con cinquanta uomini a proteggere duemila ville sparse un po' su tutto il lago? Non era un campione a fare i conti, ma cinquanta uomini divisi per duemila facevano zero virgola zero qualcosa. E zero virgola zero qualcosa cos'era di un uomo? L'unghia di un piede? E si può proteggere una villa solo con l'unghia di un piede?

«La pianti con la storia delle unghie dei piedi, Gatti», gli diceva il questore, dottor Adelmo Scaccabarozzi. «Qui al lago i furti ci sono sempre stati. Lasciamo passare un po' di tempo, vedrà che la gente si dimentica».

E magari sarebbe andata davvero così, se l'ultima delle ville svaligiate non fosse stata quella del commendator Savoiardi, cognato del Presidente. Senza il furto a casa Savoiardi, Gatti non avrebbe scoperto gli strani poteri dei ragazzi e di conseguenza il furto della preziosa Maschera del Faraone, che a sua volta... Ma calma. Andiamo con ordine.

La nostra storia comincia a Roma, a casa dell'onorevole ministro dell'Interno, alle otto e trenta della sera di un martedì. Mentre lui è davanti a una sontuosa impepata di cozze...

Il moccio dell'antenato

Precisiamo: la casa del ministro in realtà apparteneva alla moglie Maria Luisa, nobildonna. E lui lì dentro era fuori luogo: piccolo, grasso, pelato, sembrava un prosciutto seduto a tavola.

«Sentito il telegiornale, Italo? Hanno svaligiato la villa del Savoiardi».

In tutta risposta si sentì il *glusc* delle cozze che scivolavano in bocca al ministro. La sua testa non accennò ad alzarsi.

«Savoiardi, mi hai capito? Il cognato del Presidente!»

Glusc. Italo ricomparve sopra i gusci neri, con una conchiglia in bocca.

Agenti senza pistole

Le facce degli antenati di Maria Luisa lo squadravano dai ritratti appesi. Batté una manata sul tavolo.

«Basta! Non si può più andare avanti così. È possibile che in Italia nessuno faccia mai niente?»

«Ma se il ministro dell'Interno sei tu...»

«Ah già, è vero...»

«Sai dov'è successo, Italo? Nel lec-che-se. Te l'avevo detto che Scaccabarozzi era un imbecille. E tu l'hai addirittura promosso!»

Al nome del vecchio compagno di scuola, la cozza che il ministro stava per deglutire cambiò improvvisamente strada e si infilò fra tonsilla e ugola. Italo strabuzzò gli occhi, diventò paonazzo e poi sputò il mollusco, che andò a stamparsi sotto il naso dell'antenato a mo' di moccio. Maria Luisa lo fissava con odio. Lui si alzò in piedi tossendo come un cane col cimurro e andò dritto dritto a inforcare il telefono.

Il questore Scaccabarozzi

A seicento chilometri di distanza il questore di Lecco dottor Adelmo Scaccabarozzi sonnecchiava beatamente in poltrona.

«È quasi pronto, Elmo», lo svegliò sua moglie Caterina, con una vocetta sottile.

Adelmo detto Elmo socchiuse gli occhi e vide un tavolo basso, alla giapponese, apparecchiato per la cena.

«Si mangia per terra adesso? Dove siamo, in campeggio?»

«Accùcciati a gambe incrociate»

«Abbiamo quel bel tavolo in noce della nonna. Non si può mangiare lì come al solito?»

Fulminato da un presentimento, Elmo alzò la tovaglia: non era giapponese, porcaccio cane, era quel che rimaneva del tavolo della nonna!

«Ma sei pazza? Gli hai segato le gambe?»

«Seduti in questa posizione si liberano i poteri della mente»

«Sentimi bene, un giorno vengo a una di quelle sedute dove tu e le tue amiche vi fate riempire la testa di stupidaggini da quel Giansilvio, Gianmario...»

«Gianfranco»

«... e giuro che le gambe le sego a lui»

«Elmo non arrabbiarti che ti sale la pressione»

Driiin. Il telefono. Elmo alzò la cornetta e un urlo da cento watt gli perforò il timpano:

«Eeeeeelmo! Hanno svaligiato un'altra villa sul lago»

«Ah, caro Italo... Certo, certo...»

«Era la casa del Savoiardi!»

«Quello dei biscotti?»

«Il cognato del Presidente, idiota. Dimmi a che punto siamo con le indagini»

«Eh... praticamente li abbiamo in pugno... ma...»

«Ma?»

«Sono costretto a mantenere segreta l'identità dei malfattori».

Disse proprio *malfattori*, Elmo. Era convinto che le parole fuori uso facessero colpo.

«Pezzo di scemo, tu non sai neanche di cosa stai parlando. Domenica sono a Milano per la solenne riconsegna della Maschera del Faraone. E voglio i colpevoli. O giuro che ti spedisco a Caltanissetta a timbrare passaporti»

«Italo, aspetta... volevo spiegarti... Italo...»

Niente, il Ministro aveva già riappeso. E quel che era peggio, Caterina aveva sentito tutto.

«Cos'è successo, Elmo? Ti ha destituito?»

«Non ancora»

«Ma non è colpa tua»

«Però lui se la piglia con me manco avessi la bacchetta magica. Cos'hai da guardarmi?»

«Tu continui a fidarti dei poliziotti»

«Caterina, sono il questore. Di chi dovrei fidarmi, dei salumieri?»

«Sei ancora fermo alle indagini e ai rapporti. Guarda oltre la punta del tuo naso. Lo sai cosa fanno in Olanda?»

«Gli zoccoli?»

«Si vede che non viaggi. In Olanda la lotta al crimine è affidata a menti superiori. Là le indagini le fanno fare ai medium»

«E sarebbero soluzioni nuove? I maghi e le fattucchiere?»

«Quali maghi? Parlo di paranormali. Gente con poteri fortissimi»

«Tutti cialtroni. Come il tuo Piergiorgio, Piercarlo...»

«Gianfranco. E smettila di parlare male del maestro, sennò il riso al curry te lo cucini da solo!»

La discussione finì lì. Non perché Elmo fosse goloso del riso al curry, che a essere sinceri gli faceva schifo, ma perché in quel momento suonò il campanello. Era il commissario Luigi Gatti per il consueto rapporto serale. Elmo, ridiventato il dottor Adelmo Scaccabarozzi, si chiuse nello studio con lui e lo investì senza lasciargli il tempo di dire *bah*.

«Mi dica solo a che punto siamo con le indagini per il furto a casa Savoiardi»

«Al solito punto, dottore. Non ci sono indizi, non ci sono testimoni. Faremo come dice lei. Lasceremo quietare le acque»

«Sta scherzando?» gridò il dottor Scaccabarozzi. «Savoiardi è cugino... no zio... insomma non ricordo la parentela, ma ha qualcosa a che fare col Presidente!»

«E io cosa devo fare? Ricerche sull'albero genealogico della famiglia?»

«No, lei prima di domenica arresta i colpevoli e recupera tutta, dico tutta la refurtiva»

«Ma sono mesi che giriamo a vuoto. Per risolvere un caso del genere prima di domenica ci vorrebbe la sfera di cristallo».

Benché non ci fosse il morto, i due uomini si raccolsero in un minuto di silenzio. Minuto nel quale il questore si vide seduto in un ufficio di Caltanissetta a timbrare passaporti.

«La sfera di cristallo... Sì, forse, Gatti. Però ci vorrebbe qualcuno in grado di guardarci dentro»

«Non la seguo, dottore»

«C'è gente capace, sa? Gente che può arrivare dove noi non arriviamo»

«Gli elicotteristi?»

«Non scherziamo, Gatti. In Olanda la polizia li usa da un pezzo»

«Ma chi?»

«Indovini e medium. Persone che hanno poteri superiori. I paranormali, insomma. Perché mi guarda così, pensa che sia pazzo?»

«No, cosa vuole... È che siamo tutti un po' stanchi»

«Senta, io ho fretta. Dobbiamo provare»

«A fare cosa?»

«A mettere insieme un gruppo di specialisti capaci di indagare utilizzando doti... come dire... fuori dal comune. S'intende che la cosa rimarrà un segreto fra noi due»

«Lo faccia lei se crede, io non voglio entrarci»

«Ci rifletta Gatti. Le sto offrendo una bella opportunità»

«Quale opportunità? Dirigere dei ciarlatani?»

«Gatti, lei non è mai stato James Bond. Un insuccesso in più non le rovinerebbe la media. Se invece l'iniziativa funziona...»

«Ma non può funzionare»

«E perché?»
«Come perché? I paranormali non esistono».

A sirene spiegate

L'ambulanza andava a tavoletta. Fintò una curva a destra per evitare un camion e si buttò sulla sinistra, infilò un rettilineo contromano, dribblò un paio di motorini, scavalcò un marciapiede, seminò il panico fra i banchetti degli ambulanti africani, evitò per miracolo di tranciare la coda a una berlina in retromarcia, saltò un'aiuola di petunie e atterrò sul lato

opposto dell'incrocio davanti agli occhi strabuzzati di un vigile. Il quale tutto si aspettava, ma non di vedere al volante una ragazza. Lei, una bionda un po' cicciotta, abbassò il finestrino e gli sorrise con la faccia più innocente del mondo.

«Scusi, è qui il ferito?»

«Quale feri...» stava rispondendo il vigile, quando con un tremendo *sheeeng* un gippone centrò un taxi proprio nel mezzo dell'incrocio. Al vigile cadde il fischietto di bocca.

La ragazza non era sola sull'ambulanza. Di fianco a lei erano seduti un bambino sui dieci anni, magro, lungo, con i capelli neri e gli occhi spiritati, e un infermiere anziano. Il bambino si infilò in tasca una bacchetta d'osso ricurva.

«Sta-stamattina già tre incidenti», balbettò l'infermiere che lo fissava con la bocca aperta. «E siamo arrivati sempre in anticipo»

«Sì, ma di pochissimo»

«Di te non ne voglio più sapereee!» gridò improvvisamente terrorizzato. E lanciandosi fuori dall'ambulanza corse via come un pazzo. La ragazza e il bambino si guardarono. Lui allargò le braccia e sospirò. Poi insieme andarono a soccorrere l'autista del taxi che sanguinava da un ginocchio.

Più tardi, mentre gli infermieri del pronto soccorso scaricavano il ferito, il bambino tirò di nuovo fuori dalla tasca la bacchettina d'osso e cominciò a muoverla su una cartina geografica.

«C'è una chiamata urgente fuori città», disse alla ragazzona bionda. Il tempo di richiudere il portello – sul ginocchio del povero taxista, *uhi uhi* – e l'ambulanza era già ripartita a sirene spiegate.

E a sirene spiegate arrivò davanti alla sede della questura di Lecco. L'infermiera bionda e il bambino – che insieme sembravano una "O" maiuscola vicino ad una "i" minuscola – entrarono di corsa negli uffici e si trovarono di fronte l'agente Taddei, detto Mummia per la vivacità dello sguardo.

«Dov'è successo l'incidente?»

«Quale incidente? Lei chi è?»

«Silvia Penna»

«Favorisca i documenti»

«Ma se avete chiamato voi… Eravamo a Milano, abbiamo fatto un sacco di chilometri…»

«Guardi, dev'esserci uno sbaglio, noi non abbiamo chiamato nessuno».

La ragazza guardò il piccolo, che le fece un cenno col capo.

«Allora è presto. Aspetteremo», disse Silvia togliendosi i capelli dalla fronte.

«Sì, ma fuori, per favore. E chiuda», replicò la Mummia indicandole la porta.

Mentre al pian terreno Silvia e il bambino facevano conoscenza della Mummia, ai piani alti della questura il dottor Adelmo Scaccabarozzi e il commissario Luigi Gatti erano impegnati a continuare la discussione della sera prima.

«Insomma dottore, cosa vuole che faccia?»

«Come prima cosa dobbiamo trovarli»

«Sull'elenco del telefono è pieno di maghi e cartomanti»

«Gatti, non sto parlando di ciarlatani. Sto parlando di paranormali veri. Quelli non li trova sull'elenco del telefono»

«Allora è semplice», disse Gatti con un sorrisetto, «un vero paranormale ci trova lui, no? Se anticipa il futuro, avrà previsto che lo stiamo cercando».

In quel momento la Mummia Taddei bussò alla porta ed entrò senza aspettare il *prego, si accomodi* del dottore.

«Taddei, è inutile che ti metta sull'attenti con quella faccia da cretino. Ti ho detto mille volte di chiedere permesso»

«Mi scusi, dottore. C'è un'emergenza»

«Un'altra villa rapinata?»

«No, c'è giù un'infermiera che vorrebbe parlare con un superiore»

«E ti sembra un'emergenza?»

«Non so. È già la terza volta che insiste. È davanti al portone. Dice che la stavate cercando»

«Ma noi non cercavamo ness...»

Il dottor Adelmo Scaccabarozzi si interruppe a metà della frase, sbarrò gli occhi e fissò Gatti. I due si girarono spontaneamente verso la finestra e guardarono di sotto. Nei giardinetti di fronte all'ingresso della questura, seduti su una panchina, videro una giovane infermiera coi capelli biondi e un bambino che li salutavano con la mano, come se si aspettassero di vederli comparire.

«Ma è un bambino!»

«Quindi lei sarebbe una...?» chiese il commissario Gatti alla ragazzona col camice bianco che si era seduta sul bracciolo.
«Non ci siamo intesi. Io non sono niente. Quello che ha i poteri è lui».
Luigi Gatti e il dottor Adelmo Scaccabarozzi guardarono il ragazzetto sprofondato in poltrona.
«Ma è un bambino!»
«È mio fratello»
«E noi dovremmo fidarci di un bambino?» disse Gatti, a cui l'idea del questore piaceva sempre meno.
«Gigio è una specie di rabdomante»
«Radbo...?»
«...mante, Gatti. Sono quelli che trovano l'acqua con un bastone»
«Lui non trova l'acqua», precisò Silvia.
«La trovo se ho sete», disse Gigio. Aveva una voce nitida e decisa. «Apro il rubinetto e la trovo».
Silvia si fece una risata. Gli altri due rimasero impassibili.
«Gigio sa sempre dove succedono le cose. Usa una bacchetta che gli dà la direzione. Poi ti dice qui lì là...»

«Su giù, gli avverbi li conosce tutti», aggiunse Gatti cercando a sua volta di fare lo spiritoso.

«Con lui sull'ambulanza non ho bisogno della radio. Arriviamo sempre prima che succeda l'incidente. Sapete cosa vuol dire per i feriti avere l'ambulanza già lì pronta? Noi salviamo vite umane»

«Encomiabile», disse il questore che aveva la passione per le parole difficili.

«Tranne che io non ci credo», commentò Gatti.

Silvia e Gigio Penna si alzarono in piedi per andarsene. Il dottor Scaccabarozzi intervenne.

«Aspetti signorina Panna…»

«Penna»

«Anche lei Gatti, un po' di tatto… Signorina, cerchi di capire. Stiamo per fare un grosso investimento sulle capacità di suo fratello Dido, Dodo…»

«Gigio. Però noi non abbiamo tempo da perdere. Se vi serve aiuto credo che lui ve lo darà volentieri. Ma se non vi fidate, arrivederci. Abbiamo un sacco da fare»

«Mannò, ci fidiamo. Questo bambino lavora sulle ambulanze. Uno abituato alle sirene è già un mezzo poliziotto, vero Gatti?»

Gatti si stropicciò gli occhi. Da tempo era convinto che il questore fosse un cretino, ma non pensava fino a quel punto.

«Abbiamo molta fretta, signorina Panna», continuò il dottor Scaccabarozzi. Silvia evitò di precisare di nuovo il cognome. «Prima cosa, dobbiamo trovare

Agenti senza pistole

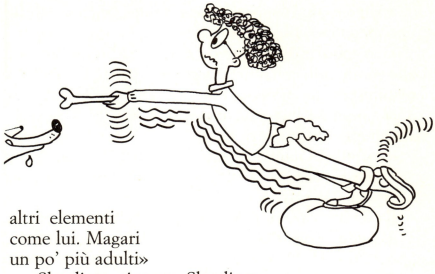

altri elementi come lui. Magari un po' più adulti»

«Sbagliato, signore. Sbagliato», intervenne Gigio. «I grandi hanno poteri deboli»

«Cosa?»

«Quando crescono li perdono»

«È così», lo sostenne Silvia. «E se non li perdono, vogliono sfruttarli per arricchirsi. E diventano degli impostori»

«Insomma, cosa proponete?» disse il dottor Scaccabarozzi, confuso.

«Cercate altri bambini»

«Ma cosa vogliamo fare, l'asilo infantile?» tuonò Gatti, la cui pazienza era al limite.

«Gatti, per cortesia. La signorina ha ragione. Da grandi si peggiora sempre. Prenda lei, per esempio. Sarà stato un bambino mica male, adesso è un rompiscatole di serie A!»

Agenti senza pistole

«Almeno un bambino su diecimila», riprese Silvia, «possiede facoltà paranormali»

«Un momento», intervenne il questore. «Domani allo stadio non ci hanno chiesto una pattuglia per una manifestazione di ragazzi?»

«I Giochi della Gioventù», precisò Gatti. «È prevista un'affluenza eccezionale»

«Portatevi Gigio, ci penserà lui» disse Silvia.

«Bellissima idea. Gatti, segua lei l'operazione», ordinò il questore.

Il commissario non riusciva a capacitarsi:

«Voglio dirvelo chiaro prima di incominciare. Io non credo al paranormale»

«S'era capito»

«Ma soprattutto non credo a un paranormale bambino che va a fare i Giochi della Gioventù!»

Silvia si infiammò.

«Perché, lei come se l'immagina un paranormale? Con la tutina da Superman? I paranormali, quelli veri, sono bambini. Bambini comuni, che può incontrare in un parco qualsiasi. Ragazzi che fanno una vita normalissima, magari in una casa piccola, buia, con mobili vecchi e spelacchiati...»

Cinequiz

In una casa piccola, buia, con mobili vecchi e spelacchiati, la televisione era accesa.

Agenti senza pistole

«Questa era la musica di un film brasiliano», diceva il presentatore di *Cinequiz*. «Per quattromila euro, signor Bolduri, vuol dirmi nell'ordine: il nome del regista, il titolo del film e l'anno in cui fu presentato?»

La testa, o meglio, il testone del ragazzino che sedeva davanti al televisore si avvicinò all'orecchio libero del papà per sussurrargli qualcosa. L'uomo ripeté al telefono parola per parola e la sua voce si sentì contemporaneamente anche dentro al televisore:

«*O canto do mar*. Alberto Cavalcanti. 1953»

«Fantastico signor Bolduri!»

L'applauso che veniva dalla tivù fu coperto dalle urla di altri due bambini che saltavano sul divano di casa.

«E siamo a seimila! Questo è un fenomeno, amici. Ora apro la busta del domandone... Attenzione signor Bolduri... Beh, a questa saprei rispondere anch'io... Per dodicimila euro ci deve dire quale film, che contiene la famosa scena del cappello a punta e della bacchetta magica, fu girato da Walt Disney nel 1940».

Il signor Bolduri guardò il figlio. Un po' ciccio, con gli occhi da gufo e il naso schiacciato, sembrava la sua copia in piccolo. Il bambino scosse il testone e contemporaneamente per la paura mollò una puzza. Il click del ricevitore si sentì in diretta nello studio televisivo. Per fortuna non si sentì anche la puzza.

«Ma che fa, ha riattaccato? Nooo... La risposta era semplicissima. Era...»

Un altro click e la faccia del presentatore sparì. I due monelli smisero di saltare, e in casa ci fu silenzio. Si sentiva solo il *cssss* del ferro a vapore che la signora Bolduri stava passando sulla manica di una camicia a scacchi.

«Avete perso tutto come al solito», sospirò la donna.

«Colpa di tuo figlio. 1940. Fosse stato il '39 o il '41 li sbancavamo»

«Tu devi lasciarlo in pace. È ancora piccolo. Non vedi che ci resta male?»

«Massimo ha un potere... È un indovino»

«Macché. Un indovino predice il futuro. Lui indovina il passato... E dopo che è caduto dalla bicicletta, del passato non si ricorda nemmeno tutto. Abbi pazienza, che indovino è?»

«Un indovino degli anni dispari», fece il signor Bolduri con orgoglio.

«Sono stufa di sentire gli stessi discorsi. Invece di sfruttare tuo figlio, perché non ti trovi un lavoro? O stai davanti alla tivù o vai in giro ad attaccar briga»

«Viviamo in un quartiere pieno di teppisti, qualcuno che li metta in riga ci vuole»

«Segui i ragazzi, almeno. Oggi ci sono i Giochi della Gioventù. Quei due fanno la staffetta e io non ho tempo di andare»

«Posso venirci anch'io?» chiese Massimo.

«Tu devi studiare gli anni pari», gli disse il padre guardandolo con occhi severi. «Non capisci quanti soldi mi hai fatto perdere con quel film di Walt Disney?»

«Era *Fantasia*. L'abbiamo anche in cassetta», disse il più piccolo degli altri due fratelli con una voce impertinente. Il signor Bolduri lo fissò. La palpebra del suo occhio sinistro aveva cominciato a tremare, segno che stava per avere una crisi di nervi. Il più grande dei due fu rapido di riflessi:

«Noi andiamo allo stadio, papà. Ci vediamo lì». Poi prese il fratellino per mano e lo trascinò fuori.

Due denti da castoro

I Giochi della Gioventù di quell'anno erano più affollati che mai. Fra bambini in campo e bambini sugli spalti, se ne potevano contare... no, non si riusciva a contarli, c'era troppo movimento: bambini che correvano, saltavano, lanciavano dischi e giavellotti, bambini che urlavano sulla gradinata, che mangiavano patatine e gelati, che facevano la coda in bagno per la pipì… tanti, tantissimi. E genitori altrettanti. "Trentamila persone?" pensò il commissario Gatti, facendosi il quarto caffè alla macchinetta dell'ingresso. Poteva anche darsi.

Era seccato, il commissario Gatti. Doveva montare la guardia a quel ragazzino dinoccolato che girava per il campo con una bacchetta d'osso in mano.

«Allora, hai percepito?» gli chiese. Disse quel *percepito* con un tono da prendi in giro, ma Gigio non ci fece caso. Come guidato dal bastoncino, cambiò improvvisamente direzione e ridiscese la gradinata, ma qualcuno da dietro lo urtò spedendolo a sedere sul vassoio del venditore di bibite dove spiaccicò dieci cornetti in un colpo solo.

Quel qualcuno era una bambina coi capelli rossi, gli occhiali e due dentoni da castoro che scendeva decisa verso il cancello d'entrata del campo. Non si era accorta di aver dato lo spintone che costò a Gatti dieci euro e a Gigio una vergognosa macchia di cioccolato proprio in mezzo ai calzoni. E non si accorse nemmeno che stava attraversando la pista con una gara in corso.

I due ragazzi in testa alla batteria dei quattrocento per evitarla persero l'equilibrio e il gruppo che li seguiva gli rovinò addosso. Si formò una montagna

Agenti senza pistole

umana tutta sudata, e dal pubblico partì un coro di *buuu* e di fischi. Ma la bambina dai capelli rossi continuò a camminare imperterrita verso il tavolo della giuria al centro del prato.

Uno dei giudici, tutto vestito di bianco, si alzò in piedi e le si fece incontro con la faccia arrabbiata.

«Cosa ti salta in mente, bambina?»

«Scusi, è a questo tavolo che giocate a battaglia navale?»

«Ci stai prendendo in giro? Questa è la giuria dei Giochi della Gioventù. E tu fai il piacere di non entrare in campo!»

Davanti allo sguardo allibito del giudice la bambina si tirò in disparte e cominciò a parlare da sola:

«Guarda che figura mi hai fatto fare, Giacomo!... No, il primo a parlare di battaglia navale sei stato tu... Adesso dici *Marina*, prima mi avevi detto *bat-*

taglia navale... Ho capito: è uno dei tuoi soliti scherzi... Senti Giacomo, basta. Non ho più voglia di sentirti...»

Anche Gigio raggiunse il centro del campo. Il commissario Gatti era dietro di lui e il giudice vestito di bianco lo riconobbe:

«Commissario Gatti? Accompagna suo figlio?»

«No, io non ho figli, lui è un... ehm... collaboratore... un amico più che altro», farfugliò Gatti, che non sapeva come giustificarsi.

La bambina coi capelli rossi tornò alla carica:

«Senta, ma è proprio sicuro che siano i Giochi della Gioventù?»

«Adesso però vai fuori», le rispose seccamente il giudice.

«No, perché insistono a dire che c'è sotto qualcos'altro»

«Senti piccola, qui c'è anche la polizia. Se non esci subito dal campo, ti faccio portar fuori da questo signore».

La bambina gli girò le spalle e ricominciò a parlare fra sé. Il commissario Gatti notò che non parlava proprio da sola, rivolgeva la testa leggermente a destra, come se ci fosse qualcun altro al suo fianco.

«Ah non era *Marina*, era *Polizia*... Però Giacomo, dillo chiaro un'altra volta. Possibile che non ti spieghi mai bene?»

Gigio si avvicinò all'orecchio di Gatti e gli disse qualcosa. Il commissario si rivolse alla bambina:

«Sono il commissario Gatti. Ti spiace seguirmi?»

«Perché? Non ho fatto niente di male»

«Non preoccuparti, mica ti porto in prigione. Laggiù c'è un bar con i tavolini. Ci sediamo un momento, tu prendi un gelato io prendo un caffè e… ti faccio parlare con questo bambino»

«Grazie. Un gelato lo prendo volentieri. Lei però il caffè lo deve evitare. Per il cuore. Giacomo dice che ne ha già presi quattro…»

A Gatti per un momento girò la testa. Come faceva quella bambina a sapere che ne aveva bevuti quattro? Che fra l'altro avrebbero dovuti essere tre, il quarto era uscito per sbaglio, solo perché aveva messo una moneta da due euro e la macchinetta non dava il resto. Si voltò per cercare Gigio, ma non lo vide più. Lo chiamò, ma la sua voce si perse perché era partita la finale della staffetta veloce e il pubblico era in piedi a gridare.

Piccoli ultrapoteri

Gridavano tutti, ma soprattutto gridava il signor Bolduri, che aveva in gara due dei suoi tre figli. Massimo invece era lì con lui sugli spalti. Alla fine era riuscito a spuntarla e l'aveva seguito allo stadio. Con la promessa di esercitarsi, però. Finora era stato diligente, ma adesso il questionario *In vacanza con la storia* giaceva a terra insieme alla biro.

«Vai... vai, e vaiii...» gridavano padre e figlio insieme. Il più piccolo dei Bolduri accelerò allo spasimo e vinse scavalcando un ragazzo grande il doppio di lui a un metro dal traguardo. Padre e figlio corsero sulla pista per abbracciarlo.

Gigio, che li sorvegliava da un po', andò a raccogliere il libretto che Massimo aveva dimenticato. Lo aprì e lo guardò attentamente. Poi sgomitando raggiunse il bambino col testone.

«Ti sei dimenticato questi», disse battendogli sulla spalla. Massimo si girò. Stava ingurgitando patatine.

«Ah, *grascie*», disse con la bocca piena.

«Posso chiederti una cosa? Come mai hai risposto solo a certe domande del questionario?»

«Sono quelle sugli anni dispari»

«Sugli anni dispari?»

«Beh prima sapevo anche gli anni pari, poi ho fatto un volo in bicicletta, ho picchiato la testa...»

«E sai solo la storia?»

«Oh no. Degli anni dispari so proprio tutto. Cioè se uno è nato in un anno dispari io lo riconosco al volo. Tipo... vedi quel signore vestito di bianco?»

«Il giudice di gara?»

«È del '53. Di cognome fa Manni. Pesa 86 chili e ha sempre il fiato che puzza»

«Ma lo conosci?»

«No. Lo so e basta».

I due ragazzini si osservarono a vicenda: Massimo notò che Gigio aveva in mano un bastoncino d'osso

Agenti senza pistole

un po' ricurvo. *Quello cos'è?* stava per chiedere. Ma Gigio lo anticipò.

«Cos'è te lo spiego dopo. Prima rispondi tu a una domanda. Ti piacerebbe lavorare nella polizia?»

Massimo sgranò gli occhi. E stava per rispondergli con un *siii* così forte che l'avrebbe sentito tutto lo stadio, quando tutti e due furono travolti da una specie di ciclone a fiori che correva verso il tavolo della giuria.

Il ciclone si fermò ad ansimare. Era una ragazzina con la pelle ambrata, i capelli lunghi e lucenti e gli occhi nerissimi. Poteva avere otto o nove anni. Portava una lunga gonna a fiori. Appena riuscì a parlare:

«Voglio fare la gara di salto», disse rivolta al signor Manni, ovvero il giudice vestito di bianco.

«È tardi», rispose lui, alitandole in faccia. Per non svenire la bambina fece un passo indietro. «Le iscrizioni sono chiuse da un'ora e la gara sta per cominciare»

«Vuol dire che mi cambierò in fretta».

Il giudice indicò il grande orologio appeso dall'altro lato dello stadio.

«Tu non puoi più partecipare. C'era un orario d'iscrizione. Era alle undici, sono le undici e mezzo...»

La bambina fissò il tabellone. Effettivamente segnava le undici e mezzo. Aggrottò le ciglia e strinse gli occhi come se facesse un piccolo sforzo. Istantaneamente la cifra dei minuti cambiò.

«Veramente sono le undici», replicò al giudice.

Manni alzò di nuovo lo sguardo e rimase di stucco.

«Ma se un attimo fa...»

Controllò il suo orologio da polso, poi si rivolse a un collega della giuria.

«Tu che ore fai?»

«Undici e mezzo»

«Vedi ragazzina? Si sarà rotto...»

«A me non interessa. L'ora ufficiale è quella»

«Senti, qui l'unico che decide ufficialmente le cose sono io»

«Non è affatto giusto», protestò la ragazzina.

«Insomma, smettila. Sei esclusa dalla gara». Il giudice si voltò verso il suo collega e scosse la testa. «Questi zingari sono anche insistenti», gli disse.

Alla parola *zingari* la bambina impallidì e sembrò sul punto di scoppiare a piangere. Ma si morse le labbra.

«Tu, vai ad aggiustare l'orologio», ordinò il giudice a un uomo con la tuta blu.

«Gli do una mano io», disse la ragazzina. Poi alzò gli occhi e li strizzò.

In quel preciso momento, dall'altro lato dello stadio, il commissario Gatti e la bambina dai capelli rossi stavano raggiungendo il bar. «Giacomo dice di fare il giro più largo», disse la bambina tirando il commissario per la giacca.

Fu un attimo. Con un impercettibile *cric* il grande orologio si staccò dalla parete e cadde a terra schizzando circuiti e microchip sulla schiena di Gatti, che se non avesse deviato il percorso se lo sarebbe preso dritto sulla zucca.

Tre fotografie

Per vedere meglio le tre fotografie il dottor Adelmo Scaccabarozzi si infilò gli occhiali sul naso. Naso fra l'altro ancora rosso per il sakè che aveva bevuto la sera prima alla cena cinese di Caterina.
Gigio, sprofondato nella poltrona di fronte alla sua scrivania, aspettava i commenti.
«Sarebbero questi?»
Il commissario Gatti diede un cenno d'assenso.
«E cosa fanno? Lo sa?»
«Cosa vuole che facciano? Vanno a scuola»
«No, dico, che poteri hanno?»
«Per i poteri, chieda a lui, io non ho capito: una fa cascare gli orologi, quell'altra parla da sola...»

Gigio si avvicinò alla scrivania e indicò una foto.

«Si chiama Brunella Bontempi. Sposta le cose col pensiero. È un tipo nervoso. Quando si arrabbia fa dei guai. Però è anche molto brava»

«Se c'è da deviare una pallottola vagante, utilissima», commentò Gatti con un sorrisetto.

Gigio prese la foto successiva.

«Massimo Bolduri. Indovino del passato»

«Purtroppo solo degli anni dispari», rettificò Gatti. «Pare che abbia preso una botta in testa che gli ha fatto fuori un emisfero».

Il questore lanciò un'occhiataccia al commissario.

«Questa è potentissima», continuò Gigio. «Si chiama Maria Voltolina e ha un amico immaginario di nome Giacomo. Sono in comunicazione continua. Giacomo prevede cose distanti nel tempo e nello spazio. Anche se non sempre sono vere, perché ogni tanto le fa degli scherzi»

«In pratica parla da sola come tanti bambini», commentò Gatti, che non riusciva a trattenersi.

Il dottor Adelmo Scaccabarozzi sembrava incerto e confuso più del solito.

«Bene... Anni dispari, oggetti che si spostano, Giacomo... Nell'insieme, diciamo... un bel nucleo, no?»

«Strepitoso», disse Gatti.

Il nasone rosso e lucido del questore rifletteva la luce della lampada da tavolo.

«Ti spiace uscire?» chiese a Gigio che era tornato ad affondare nella poltrona. Lui mise in tasca la sua bacchettina d'osso e senza dire una parola lasciò l'ufficio.

Momento di silenzio. Scaccabarozzi giocherellava nervoso con la sua penna stilo.

«Gatti, ci fidiamo o non ci fidiamo?» disse il questore infilandosi la penna nell'orecchio e rigirandola come un trapano.

«Dottore, li ha voluti lei, adesso chiede se mi fido...»

«D'accordo, d'accordo. Come pensa di agire?»

«Intanto bisogna vedere se ci riusciamo, ad agire. Dovremo parlare coi genitori. Chiedere se vogliono far lavorare i loro figli in segreto per la polizia. Non è detto che li lascino»

«A questo ha già pensato il sottoscritto. C'è un'amica di Caterina, una certa Marika, che tiene un campo estivo per ragazzi»

«E a noi cosa importa, scusi?»

«A parte che fanno dei laboratori bellissimi, insegnano a lavorare col pongo... Ci dovrebbe andare, Gatti»

«Dottore, io col pongo non mi diverto più da un pezzo»

«Dico ci dovrebbe andare a parlare. Perché la mia idea è di fare un corso per detective all'interno del campo estivo»

«Un corso per detective?»

«Così i genitori non diranno di no. Lo chiameremo corso agenti senza pistole... anzi, meglio: gruppo agenti senza pistole. GASP. Com'è?»

«Senza offesa, dottore, fa schifo»

«Piacerà ai ragazzi. Dove vai? Vado al GASP. Non sente come suona bene?»

Il dottor Scaccabarozzi per l'entusiasmo dell'invenzione si tolse la stilografica dall'orecchio, fece un pallino di cerume, lo mise fra pollice e indice e con uno scocco lo spedì sul soffitto.

«Insomma vuole che raccontiamo una bugia», rimuginò il commissario. «Ma ci stiamo prendendo una bella responsabilità. Se succede qualcosa...»

«Gatti, cosa vuol dire con quel *raccontiamo, ci stiamo*? Io non c'entro più niente. Da questo momento la responsabilità del gruppo è soltanto sua».

Corso estivo per detective

Ce la mise tutta Luigi Gatti. Ma proprio tutta tutta. Usò la sua diplomazia, il suo fascino, il suo carisma, il suo piccolo potere di commissario di polizia. Cercò in tutti i modi di convincere i responsabili a *non mandare* i ragazzini al corso estivo per detective. Li scoraggiò, li demotivò, li preoccupò. Li spaventò descrivendo scene piene di porte cigolanti, di cantine buie, di ragnatele e di topi morti. Gracchiò come un corvo, urlò come un pipistrello, batté come un picchio e gufò come un gufo. Risultato: tutti e quattro i bambini furono regolarmente iscritti al corso.

La signora Voltolina, la madre di Maria, era entusiasta di liberarsi della figlia per l'estate: lei gestiva una pensione, e col fatto che la bambina parlava con quel suo amico, quel Giacomo, si era sparsa la voce che in albergo c'erano gli spiriti e nessuno voleva più andarci a dormire.

Con l'assistente sociale che si occupava di Brunella non ci fu discussione. La bambina veniva dal campo nomadi ed era orfana di tutti e due i genitori. In attesa che trovasse un famiglia adottiva, inserirla in un gruppo di ragazzini della sua età pareva un'ottima idea.

Invece il signor Bolduri al corso voleva addirittura iscriversi lui, perché il suo sogno era ripulire il quartiere dai teppisti. Per cui non solo il commissario dovette prendere il figlio, ma rimase più di un'ora a convincere il padre che no, era un corso solo per bambini e lui non poteva assolutamente partecipare.

Così la mattina dopo Gatti si trovò seduto alla cattedra di un'auletta scalcinata coi quattro bambini davanti. Dal salone di fianco arrivava il chiasso dei ragazzi che seguivano il corso di canto corale, e alle finestre ogni tanto si sentiva il *pic pic* fastidiosissimo di pallini colorati che si appiccicavano al vetro. Probabilmente dal corso di pongo.

«Silenzio!» esordì Gatti. L'ordine era assolutamente inutile, visto che nessuno dei quattro parlava. «State attenti», e anche questo era inutile visto che c'erano otto occhi puntati su di lui come fucili. «Vi voglio spiegare cosa fa la polizia davanti a un delitto misterioso. Se nessuno ha visto o sentito niente, il nostro testimone si chiama *indizio*. Cos'è un indizio?»

Massimo alzò la mano per rispondere, ma il commissario lo ignorò.

«Tutto può essere un indizio. Una macchia di sugo su una camicia, la punta di una matita rotta, un'acqua frizzante svaporata. Insomma un particolare che ci aiuta a capire come si sono svolti i fatti. Ma ci sono casi misteriosi dove non c'è neanche un indizio e la polizia non sa...»

«Commissario, Giacomo continua a disturbarmi», lo interruppe Maria Voltolina. «Gli potrebbe dire di smetterla?»

Gatti deglutì. Già non si sentiva un maestro, come faceva a richiamare uno scolaro che non esisteva?

«Continua a dire che siamo qui per i biscotti. Basta Giacomo... I biscotti, ma sei sicuro?... Sìssì, ha detto proprio biscotti».

Gatti pensò immediatamente alla villa del commendator Savoiardi. Come faceva Giacomo... cioè Maria a essere così informata? Guardò i ragazzini, e solo allora si accorse che Brunella stava giocando a far correre tre monete sul banco. Però sembrava che non le toccasse, accidenti.

«Ma ci darà il manganello, capo?» intervenne Massimo approfittando della pausa. «Mio papà dice che la cosa più importante è arrestare i delinquenti»

«Non ci siamo capiti, Massimo. Voi non siete proprio poliziotti. Siete... amici dei poliziotti: per cui se durante le esercitazioni... percepite qualcosa, non intervenite mai, chiaro? Alzate la manina e dite: "Alt, non è più di mia competenza". E chiamate me»

«Capito Giacomo? Scordati di fare di testa tua...» commentò Maria.

Tintin. Le monetine di Brunella continuavano a cozzare una contro l'altra.

«Lei dev'essere nato in un anno pari, vero capo?» si inserì di nuovo Massimo. «Perché vedo tutto nero. Però quella cravatta gliel'ha regalata una certa Valeria Zucconi, del '67. Una con le ascelle che puzzano».

Gli altri tre risero. Al commissario girava la testa.

«Basta, cerchiamo di restare in argomento. E tu smettila con quelle monete! Allora, si parlava dell'indizio...»

«Giacomo dice che succederà qualcosa stanotte», l'interruppe di nuovo Maria ripulendosi gli occhiali. «Non c'è tempo da perdere»

«E noi non abbiamo bisogno di tanti discorsi sennò ci stufiamo», concluse Gigio col suo tono deciso. Brunella mise le monete nel tascone della gonna a fiori e gli altri due si alzarono in piedi. «Allora, quando si comincia?»

Così la squadra appena nata divenne subito operativa. Il commissario Gatti era sbalordito. Dieci minuti in classe ed eccoli già sulla vettura di servizio in

Agenti senza pistole

marcia verso villa Savoiardi per il primo sopralluogo. Tutti zitti a guardare il lago dal finestrino.

E noi a guardare dal finestrino li lasciamo per un po'. Perché proprio mentre Gigio e compagnia stanno per dare inizio alla loro carriera di poliziotti, in un elegante studio privato di Milano qualcuno sta per dare inizio al furto più audace dell'anno. Se non del secolo...

2
La Maschera del Faraone

La signora Ines Alessandrini era sdraiata su un materasso giapponese originale. Ma l'uomo che stava imponendo le mani sulla sua testa era ancora più originale del materasso. Vestito con un saio damascato rosso e oro, portava scarpe con la punta all'insù tipo Aladino, e un paio di occhiali scurissimi che non gli facevano vedere un accidente.

«In lei avverto molta tensione», diceva con voce penetrante, mentre dalle casse dell'impianto un cinguettio di uccelli inondava lo studio. «Mi arriva alle mani come un'onda e porta a riva dei sassolini. E i sassolini sulla sabbia formano tre parole: Maschera-del-Faraone. È questo che la preoccupa?»

«Sì», confessò la signora Ines.

«Nella scorsa seduta mi ha detto che si tratta di un oggetto di grande valore»

«Inestimabile. È del governo italiano. L'hanno affidata in gran segreto a mio marito per restaurarla»

«Chiuda gli occhi e cerchi di visualizzarla in ogni dettaglio... Me la descriva»

«È una maschera in oro massiccio. Tutto intorno al viso, sul collo e sui capelli, sono incastonati lapislazzuli e cornalina di antico taglio... e in mezzo alla fronte...»

«Sì?»

«C'è un cobra ricavato da un turchese enorme, una delle pietre più grandi che siano mai state intagliate. Purissima».

All'uomo dal saio damascato scappò un fischio.

«Scusi?»

«No, pensavo... non sarà mai purissima come la sua anima. Continui»

«Nessuno sa che l'abbiamo in negozio. Noi abitiamo sul lago e con tutti i furti che ci sono stati in questi mesi... Abbiamo cambiato perfino la combinazione della cassaforte, tanto siamo preoccupati»

«Ora dobbiamo sciogliere il nodo dell'angoscia. Cominci a dirmi il numero»

«La combinazione? Io non so se...»

«Non parli subito. Prima si rilassi. Approfitti del fluido generato dalle mie mani. Questa stanza è colma di energia benefica. Cosa sente?»

«Un citofono, credo...»

In effetti era suonato il campanello. Indispettito per l'interruzione, l'uomo provò a uscire dalla stanza e andò a sbattere contro lo stipite della porta. Imprecò sottovoce, ma si guardò bene dal togliersi gli occhiali neri.

Sull'uscio di casa l'aspettava un individuo imponente, pelato, con un giubbotto di pelle addosso, una borsa in una mano e una pesante valigia nell'altra.

Agenti senza pistole

«Come ti sei conciato? Stai con gli occhiali neri in casa?» disse il pelato appena lo vide.

«Fatti gli affari tuoi, Plinio»

«E questi cinguettii cosa sono? Quei tordi dei tuoi pazienti?»

«Ti avevo detto di venire più tardi. Sto ancora lavorando».

Plinio alzò le spalle, entrò, appoggiò la valigia a terra e aprì la borsa. Era piena di mazzette di banconote, ordinate per file regolari.

«Era per darti la tua parte. Però se vuoi ci vediamo in un altro momento»

«Mannò, accomodati. Quella di là può aspettare. È solo una gallina come tutte le altre»

«Galline dalle uova d'oro... Con le informazioni che ci hai passato, ripulire la casa del Savoiardi e le altre ville è stata una passeggiata»

«Le mogli dei commendatori sono la mia specialità», disse con orgoglio l'uomo dal saio damascato affondando le mani nella borsa.

«È incredibile. L'unica cosa che sai fare con le mani è contare i soldi: e tu fai credere che abbiano un fluido. Ma come fai?»

«Le suggestiono. E loro pensano di sentire gli effetti dei miei poteri paranormali»

«Che oche! I paranormali non esistono»

I due uomini ridacchiarono.

«Hai già rivenduto tutto?»

«Fino all'ultimo pezzo. Al mio ricettatore in Svizzera»

«E la polizia di Lecco?»

«Tutto a posto. Non hanno indizi. Certo potevano anche accorgersi che le mogli dei proprietari delle ville svaligiate erano tue... come le chiami, *pazienti*? Ma quelli mica sono svegli. Hanno perfino un agente che sembra una mummia. Secondo me sotto la divisa ha le bende...»

E qui Plinio si fece una grassa risata.

«Piano, che di là si sente»

«A proposito di mummia, parliamo della maschera»

«Zitto. C'è proprio la signora Alessandrini, la moglie del gioielliere di Bellano»

«Mandala via»

Agenti senza pistole

«Mi sta rivelando la combinazione della cassaforte»

«Non c'è più bisogno della combinazione. Ho un nuovo piano. Agiremo stanotte»

«Stanotte? Sei pazzo? Non abbiamo abbastanza informazioni. Ci vogliono un altro paio di sedute. Ne parliamo la settimana prossima»

«La settimana prossima la maschera non c'è più»

«Perché?»

«Perché è già stata rubata»

«Quando? La signora Ines non ne sa niente»

«Due secoli fa. Da Napoleone Bonaparte nella sua campagna d'Egitto. La portò in Italia e finora è stata conservata al Museo di Torino. Ma domenica verrà

riconsegnata al primo ministro egiziano come segno di amicizia fra il nostro Paese e il suo»

«E tu come sai queste cose?»

«Perché leggo i giornali, scemo. Vai di là e liberati di lei alla svelta. Ti devo spiegare il piano»

«Senti, io non so se è il caso di fare quest'altro colpo. Stavolta la cosa è troppo scoperta. Ci beccheranno...»

La faccia di Plinio cambiò espressione e il suo corpo si tese.

Col movimento di un gatto, arpionò l'uomo dal saio damascato.

«Ascoltami bene, la tua parte te l'ho data per cui non fare storie. Gli altri colpi erano uno scherzetto, con questo ci sistemiamo a vita, lo capisci?»

«Lasciami!»

«Cinque minuti di tempo. Ti aspetto in cucina».

Villa Savoiardi

Il commissario Gatti aveva radunato i bambini sotto un grande olmo davanti al cancello di villa Savoiardi.

«Cosa dobbiamo fare, capo?» chiese Massimo mangiando patatine da un sacchetto unto.

«Prima di tutto smettere di chiamarmi *capo* perché mi dà i nervi. Allora, ascoltatemi. Quella davanti a voi è la villa che è stata svaligiata lunedì notte. I proprietari ci vengono solo in vacanza e...»

«A noi cosa interessa?» lo interruppe Brunella, rosicchiandosi un'unghia.

«Un *invesctigatore* deve *scempre sciapere* dove va a mettere il *nascio*», le rispose Massimo sputacchiando una patatina incastrata fra i denti.

«Io non ho nessuna voglia di entrare lì dentro», insisteva Brunella. «Non mi piace questa villa»

«Anche Giacomo dice che non è il caso di entrare», intervenne Maria. «Questo colpo è uno scherzetto. Ci sono cose più urgenti»

«Se permetti», disse il commissario, «so io quello che è urgente. E se vi dico di entrare qui dentro è perché...»

«Sì Giacomo, gliel'ho detto... Scusi commissario, non sta zitto un momento. Dice che bisogna proprio andare da un'altra parte»

«Però, bambini, non possiamo cominciare così. Maria non offenderti, ma a me importa poco cosa pensa Giacomo: per fare gli investigatori ci vuole un po' di disciplina... Dove vai tu?»

«A bere alla fontana là in fondo», rispose Massimo, che aveva finito le patatine.

«Vi sto parlando, non puoi aspettare?»

«Giacomo preferisce andare al lago», disse Maria.

«Io preferisco andare e basta», aggiunse Brunella.

«Ma se dentro trovo il ladro, posso arrestarlo?» chiese Massimo.

«Zitti, basta!» gridò il commissario. «Qui non si gioca, accidenti. Si fa sul serio. D'ora in avanti per parlare e per muovervi chiedete il permesso, chiaro?»

Ci fu un momento di silenzio. Poi Gigio, che aveva taciuto fino ad allora, fece un passo avanti.

«Noi vogliamo che ci lasci soli»

«Cosa?» sbottò il commissario. «Sei impazzito? Siete bambini, e io ho la responsabilità di di di...» si impappinò Gatti, che non sapeva bene cosa dire. «Io vi devo...»

«Ci deve lasciare liberi di fare a modo nostro», si inserì di nuovo Gigio. «A noi non piace essere osservati. Se poi lei ci guarda con quella faccia, peggio che peggio»

«Quale faccia?»

«Lei non crede in noi. Allora, per favore, salga in macchina e ci aspetti lì. Se scopriamo qualcosa, glielo veniamo a dire»

«Ma scoprite cosa, dove? Se non sapete neanche cosa state cercando?» urlò Gatti esasperato.

«Se è per questo neanche lei», replicò Gigio.

Gatti si passò la mano in testa alzandosi a cresta i pochi capelli che aveva. Ora sembrava un gallo da combattimento.

«Non si arrabbi commissario», gli sorrise Maria. «Lei è stanco. Ha bisogno di qualcuno che le dia una mano, anche a casa. Giacomo vede un pavimento da lavare e una ragnatela sul soffitto. Dica almeno a Carla, la sua colf, di venire tre volte a settimana, non due».

Gatti impallidì. Come faceva Maria a sapere che la sua cameriera si chiamava Carla? Aveva preso informazioni su di lui? Quei bambini erano più svegli di quel che si aspettava, accidenti. Forse davvero bisognava metterli alla prova. Ma poteva fidarsi a lasciarli soli? Mentre pensava, il commissario fece senza accorgersi un sacco di smorfie con la bocca. Un vecchietto si era fermato a guardarlo.

«Avete un'ora di tempo», disse cercando di ridarsi un contegno. «Non allontanatevi e state in gruppo. Assolutamente vietato andare per conto proprio».

Voltò le spalle ai bambini e raggiunse l'auto di servizio. Ebbe la sensazione, entrando in macchina, che le sue tasche fossero più leggere, ma non ci fece caso.

Rimasti soli sotto l'olmo, i quattro si guardarono in faccia, forse per la prima volta da quando erano stati messi insieme.

«Avremmo dovuto obbedire agli ordini», recriminò Massimo.

«Per obbedire agli ordini, hanno già i loro agenti», disse Gigio.

«Ma stiamo facendo un corso, dobbiamo imparare. Forza, entriamo nella villa», insisteva Massimo.

«Io vado di qui», tagliò corto Gigio. Il suo bastoncino d'osso puntava verso la montagna.

«Giacomo preferisce andare al lago», ribadì Maria.

«Allora due da una parte, due dall'altra», disse Gigio. Aveva molto carisma quando dava ordini.

«Chi viene con me?»

«Io non so se ho voglia di fare la poliziotta», protestò Brunella. «Non mi è mai stata simpatica la polizia»

49

Agenti senza pistole

«Allora perché ti sei iscritta?» la rimproverò Massimo, «potevi stare a casa tua»

«Non è il momento di discutere», disse Gigio con un tono che non ammetteva repliche. «Adesso bisogna agire. Da che parte vai?»

«Con lei», disse Brunella. Maria la prese per mano e si allontanarono.

«Ehi, ci vuole un maschio per difendervi», gridò Massimo.

«Non serve, abbiamo Giacomo», rispose la bambina coi denti da castoro.

Massimo si girò dall'altra parte. Gigio era già sparito.

Il Circo di Praga

Gigio si fermò ansimando davanti a un negozio di frutta e verdura. Fino a un momento prima il suo bastoncino indicava la montagna, ma adesso aveva smesso di puntare, era ridiventato un pezzo d'osso qualsiasi. Gigio lo infilò in tasca, si appoggiò alla vetrina e si guardò intorno. Il fruttivendolo comparve sulla soglia.

«Giù la zampa che sporchi il vetro», lo rimproverò. Aveva il tono di uno a cui i bambini non piacciono.

Gigio tolse prontamente la mano.

«Ehi aspettami... Sono... qui...», gli gridò Massimo che arrivava correndo in salita, rosso come il sedere di un babbuino.

«Ma che bisogno c'era di andare così in fretta?»

«Le cose succedono da un momento all'altro», disse Gigio.

«Qui non succede un bel niente», replicò Massimo. «Tranne che mi è venuta fame. Mi offri una banana?»

«Non ho soldi»

«Nemmeno io. Ehi capo», disse Massimo rivolto al fruttivendolo, «siamo della polizia. In servizio. Lei dovrebbe consegnarci una banana. Anzi, due»

«Se non vi togliete in fretta dai piedi vi consegno due sberle»

«Attenzione a come parli, Morganti Sestino, classe 1947», reagì Massimo con grinta. «Io posso anche arrestarti perché non fai mai gli scontrini di cassa»

«Vieni via», gli disse Gigio sottovoce. Tardi. Il fruttivendolo aveva già preso Massimo per un braccio.

«Cosa fai, spii?» gli disse stringendo il braccio fino a fargli male.

«Alt, non è più di mia competenza», disse Massimo cercando di alzare le manine. Stava già per piangere.

«Lo molli per favore. Stava scherzando», provò a difenderlo Gigio.

Il fruttivendolo li squadrò entrambi con uno sguardo cattivo. Poi lasciò andare Massimo.

«State lontani dal mio negozio. Non voglio rompiscatole che...»

Il resto della frase non fu più udibile. Perché improvvisamente svoltò in piazza un camioncino con gli altoparlanti sul tetto e attaccò una musica a tutto volume.

«Grande spettacolo del Circo di Praga. Con i nani, i clown, i trapezisti magiari, il cavallo albino, la feroce tigre Gina e il famoso numero della donna tascabile, la contorsionista Cien-ciu... Accorrete tutti... Inizio immediato... Ultimo giorno...»

Dal finestrino del furgone una mano buttò una mazzetta di volantini rossi, che si sparpagliarono sui sassi, mentre la musica riprendeva a rotta di collo.

Uno dei volantini prese il vento e attraversò tutta la piazza, andandosi a posare proprio vicino al piede sinistro di Gigio. Lui alzò le sopracciglia. Poi lo prese, se lo rigirò fra le mani e lo lesse.

«Si va al circo», comunicò a Massimo. Poi gli afferò il braccio e, prima che il fruttivendolo ricominciasse la sfuriata, lo strattonò via.

La contorsionista

«Riapri gli occhi», disse Plinio all'uomo dal saio damascato.

Questi li aprì e li sgranò: sul materassino del suo studio si era materializzata un'esile ragazza asiatica vestita con un costume di raso rosso.

«E questa com'è entrata?» chiese allibito.

«Non sei osservatore. Mezz'ora fa quando sono arrivato a casa tua cos'hai notato? Ero normale?»

«Sì. Antipatico come al solito»

«Ma cos'avevo in mano?»

L'uomo dal saio damascato si guardò intorno e notò la valigia aperta.

«La valigia? Non dirmi che lei...»

«Ti presento la contorsionista Cien-ciu. Vuoi vedere come fa a rientrare?»

«No. Gli invertebrati mi fanno impressione».

Cien-ciu sorrise.

«Ma capisce la lingua?»

«No, ed è meglio così. È qui col Circo di Praga. Le ho fatto saltare l'ultima replica con la scusa del morbillo. Adesso guarda qui».

Plinio tirò fuori da una tasca laterale della valigia una scintillante maschera egizia.

«Ma come, gliel'hai già fregata?» domandò l'uomo dal saio damascato. Plinio era un uomo pieno di sorprese, ma adesso stava esagerando.

«È una copia. L'ho fatta fare io»

«E a cosa serve?»

«Fa parte del piano. Ascoltami. Il gioielliere tiene l'originale nella grande cassaforte. Entrare è impossibile. Bisognerebbe sfondarla a cannonate. In più in ogni angolo della gioielleria ci sono i sensori di un allarme collegato direttamente con la polizia. Anche se riuscissimo a sapere la combinazione ci sarebbero addosso in cinque minuti»

«Mi stai dicendo che non si può fare»

«Aspetta. Non ti ho detto tutto. Ci sono anche le telecamere»

«Ho capito. Cambiamo obiettivo»

«Non ho finito»

«Hanno anche i dobermann e il filo spinato?»

«Fammi parlare. Le telecamere sono dappertutto tranne che in cassaforte. Ed è questo il vantaggio. Perché se tu riesci a farci entrare la valigia, Cien-ciu esce fuori e sostituisce la maschera»

«Ah...»

«Il giorno dopo ti riprendi la valigia, ed è fatta»

«Già. Ma appena Cien-ciu si muove non scatta il famoso allarme?»

Plinio si passò una mano sulla testa pelata. Quando faceva così, era meglio non fargli altre domande tanto non avrebbe risposto. L'uomo dal saio damascato capì e sospirò. Plinio tirò fuori di tasca due orologi di precisione identici, con la sveglia digitale. Ne mise uno al polso di Cien-ciu e l'altro al polso del suo complice.

«Sai guidare una belva di fuoristrada?»

«Di che colore?»

«Che cavolo c'entra il colore?»

«A me piacciono neri»

«Ti sto chiedendo se la sai guidare, se sai andarci a tavoletta!»

«Basta schiacciare l'acceleratore, no?»

«Bene. Devi solo sfasciare una vetrina. All'ora in cui l'orologio farà *bip*».

Plinio fece un cenno a Cien-ciu, che in meno di quattro secondi saltò nella valigia, piegò in due la schiena, mise la testa fra le ginocchia, sollevò le gambe all'indietro, si arrotolò e si chiuse a pacchetto diventando della forma del suo contenitore. Il pelato richiuse la valigia e si infilò il giubbotto di pelle.

«Ti telefono al momento opportuno», disse. «Tieniti pronto».

L'uomo col saio damascato fece una smorfia. L'altro gli diede una pacchetta sulle spalle che gli fece risuonare il torace come una cassa armonica per un quarto d'ora.

Un salto pericoloso

Maria e Brunella si erano sedute in riva al lago, sul parapetto dell'imbarcadero. Brunella aveva la faccia imbronciata. Maria cercava di sorridere per tenerla allegra. Passò una banda di anatre d'argento e smeraldo. Poi arrivò un aliscafo, sollevando una nuvola di spruzzi.

«No, Giacomo, non ricominciamo... Già ci hai fatto venire fin qui e poi non ci hai spiegato niente... Cosa? No, non metterti in mente altre idee... Toglitelo dalla testa... Non è che si può fare sempre quello che vuoi tu... Ecco, insiste... Ma vuoi star zitto?»

«Cos'ha adesso?»

«Vuole prendere l'aliscafo».

La ragazzina dai capelli neri fece un sorriso improvviso che le illuminò gli occhi.

«Non sono mai stata sull'aliscafo»

«È come volare»

«Ci andiamo?»

«Il commissario ha detto di non allontanarsi»

«Se stai sempre a fare quello che dicono i grandi...»

«E poi il biglietto costa un sacco di soldi»

«Tu quanto ci hai?»

Le due bambine vuotarono le tasche. Messe insieme le monete bastavano per il biglietto di una sola di loro.

Agenti senza pistole

«Si può fare», disse Brunella. «Tu e Giacomo entrate col biglietto. Io me la cavo»

«Come?»

«Lascia fare a me. Però fa in fretta, che sta ripartendo».

Maria andò di corsa alla biglietteria, poi si voltò per vedere cosa combinava l'amica. Ma Brunella era sparita. Titubante, la bambina coi capelli rossi diede la mano al marinaio che la fece salire sulla passerella. Il tempo di entrare in cabina e l'aliscafo stava già partendo. Maria si affacciò a uno degli oblò. Dov'era finita Brunella? Aveva il batticuore.

Nel momento stesso in cui l'aliscafo si staccò dalla banchina, un fulmine con la gonna a fiori uscì da dietro il pilone d'ormeggio e ci saltò sopra a poppa, afferrandosi al salvagente di sughero appeso fuori dalla cabina.

«Ma cosa fa?» gridò il marinaio. E poi: «Ferma, ferma...» e non si sapeva se lo stesse urlando alla bambina o al comandante, che aveva già dato ordine di spingere i motori al massimo. Né l'una né l'altro gli diedero retta. L'aliscafo si alzò sull'ala prodiera e Brunella rimontò in salita il fianco dell'imbarcazione fino a prendere la mano del marinaio che aveva lasciato il portello aperto.

Il marinaio la trascinò dentro la cabina con uno strattone. Maria, con le gambe che le tremavano e gli occhiali appannati, era già vicino a lei.

«Lo sai che potevi ammazzarti?» gridò l'uomo, come se la bambina fosse ancora lontana nel vento e non a un palmo dalla sua faccia. Tutti i passeggeri seduti si voltarono a guardare. «Tu non ti rendi conto del pericolo che hai corso, incosciente!»

«Sono campionessa di salto in alto», disse Brunella con sicurezza.

«Dov'è il biglietto?»

«Mi è caduto in acqua quando ho fatto il salto», mentì. Il marinaio era spaventato e perse il controllo.

«Piccola bugiarda, ti scarico alla prima fermata!» urlò. «Zingari a bordo non ne vogliamo!»

Alla parola zingari Brunella si sentì le gambe fragili e vide tutto nero. Ma sapeva riprendersi in fretta, perché le era già capitato tante volte che degli stupidi insultassero la sua gente. Senza nemmeno pensarci, si voltò di scatto verso la cabina di comando e strizzò gli occhi.

Tutto avvenne in pochi secondi. Il comandante avvertì un piccolo *tic* sulla consolle di comando, ma non capì da dove veniva. Un attimo dopo sentì il motore spegnersi di botto: con uno *ssschfuooo* le due ali prodiere s'inabissarono e l'aliscafo ritornò a galleggiare come un battello qualsiasi.

«Che diavolo è successo?» gridò il comandante al suo secondo, che continuava a premere il pulsante di avvio per riattivare il motore.

Intanto in cabina i passeggeri si erano alzati in piedi e commentavano ad alta voce. L'aliscafo era fermo proprio in mezzo al lago.

«Signore e signori, è il comandante che parla», disse una voce all'altoparlante. «Vi preghiamo di ri-

Agenti senza pistole

manere seduti per qualche minuto. Ripartiremo appena possibile»

«Sei stata tu?» chiese Maria sottovoce.

Brunella fece un mezzo sorriso. Aveva denti bianchissimi.

«Ho mirato alla pompa del gasolio, forse ho mandato in corto i fili...»

«La pompa, il corto... Te ne intendi di queste cose»

«Me le spiega mio fratello grande. È meccanico»

«Sì, Giacomo, glielo dico, glielo dico... però smettila che mi rompi i timpani»

«Cosa fa?»

«Sta applaudendo. Dice che hai fatto un bel danno e per oggi l'aliscafo non va più».

Un pensiero improvviso assalì Maria. «Mamma mia, e adesso come facciamo col commissario?»

Brunella tirò fuori dal tascone della gonna a fiori un cellulare.

«Lo chiamiamo al telefono dell'automobile»

«Hai il telefonino?» chiese Maria, sorpresa.

«È quello del commissario. Gliel'ho levato di tasca mentre tornava in macchina»

Agenti senza pistole

«Rubi?»

«L'ho solo preso in prestito. Così se succedeva qualcosa potevamo avvertirlo, no?»

Guasto meccanico

Sulla banchina dell'imbarcadero di Como un uomo imponente, pelato, con un giubbotto di pelle, stava protestando con l'impiegato della biglietteria.

«Ditemi almeno quanto dovrò aspettare. Io non sono qui in vacanza, sto lavorando, perdiana!»

«Le ripeto che noi non sappia...» stava dicendo l'impiegato, ma l'altoparlante cominciò a gracchiare.

«*Crac*... si avvisano i signori viag... *crrr*... la corsa dell'aliscafo... *crrr*... sospesa per guasto meccanico. La direzione si scusa... *crac*... disagi e ricorda che il biglietto è valido tutta la stagione».

«Vuole il rimborso?» chiese l'impiegato all'uomo pelato. Ma quegli non si degnò nemmeno di rispondergli. Gli girò le spalle, raccolse la pesante valigia che aveva appoggiato a terra e uscì dalla sala camminando tutto piegato da una parte.

Mentre caricava la valigia nel bagagliaio della sua auto, Plinio era imbestialito. Primo, perché a furia di continuare a caricare e a scaricare Cien-ciu gli era venuta una lombaggine che lo faceva andare storto come un pendolo. Secondo, perché quel guasto del cavolo rendeva tutto più difficile. Con l'aliscafo ci avrebbe messo mezz'ora a raggiungere la gioielleria. In automobile, facendo il giro del lago, doveva calcolare almeno un'ora. E a tavoletta, mica andando piano.

«La strada è piena di curve», bofonchiò avviando la macchina. «Speriamo almeno che Cien-ciu non vomiti in valigia». Poi partì con una sgommata che lasciò mezzo chilo di pneumatico sull'asfalto.

Pietre purissime

Un'ora e dodici minuti più tardi, dopo aver passato una trentina di semafori rossi e aver provocato una decina di crisi cardiache a pedoni sulle strisce, Plinio arrivò a destinazione. Si fermò al posteggio, controllò che nessuno arrivasse e cominciò a truccarsi.

Una parrucca e un paio di baffi neri. Così camuffato il ladro sembrava più giovane. Il gioielliere Alessandrini, marito della signora Ines, lo stava guardando da un occhio solo, perché sull'altro portava ancora la speciale lente con cui aveva esaminato le pietre. All'inizio, quando aveva visto entrare il baffuto in negozio, era rimasto un po' perplesso, ma ora la qualità delle pietre l'aveva conquistato.

«Sono belle e di buon taglio», gli disse mentre il cane di sua moglie Ines, un barboncino bianco, fiutava con interesse la valigia di Plinio.

Senza farsi vedere dal gioielliere, Plinio gli rifilò un calcetto.

«Sa come faccio ad avere questi prezzi? Ho un contatto diretto con il fornitore indiano», mentì Plinio, «ho abitato laggiù fino all'anno scorso».

Fu quel particolare che convinse Alessandrini: ecco perché non conosceva quel rappresentante, finora aveva abitato in India...

«D'accordo, ordino venti pietre per tipo. E intanto le pago queste»

«Aspetti, non c'è bisogno. Mi paga quando le porto il resto. Io mi fido di lei»

«Grazie»

«Di cosa? Lei passa per essere il migliore, qui in zona. Domani porto le pietre che ha ordinato. E ora volevo mostrarle anche il resto. In questa valigia ho maschere, statuette. Antiquariato indiano, insomma. Roba un po' pesante, ma di classe»

«Il resto non mi interessa. Sono un gioielliere, non un antiquario»

«Mi dispiace. Se sapevo non... Niente, come non detto. Prenda solo i gioielli, per me va benissimo. Però le chiedo un favore»

«Dica»

«Mi potrebbe tenere la valigia per questa notte?»

«La valigia?»

«Ho lasciato l'automobile a mia moglie. È andata in Svizzera a comprare il cioccolato, non so a che ora torna. E andare in giro con un peso del genere... Ho già la lombaggine. Mi farebbe una cortesia»

«Non c'è nessun problema»

Agenti senza pistole

«La ringrazio infinitamente. Ah, senta... la metterà in cassaforte?»

«Stia tranquillo»

«Sa, con tutti i ladri che ci sono in giro...»

Mentre il gioielliere Alessandrini e il "rappresentante" si salutavano cordialmente sulla porta della gioielleria, il barboncino della signora Ines alzò la zampetta e fece uno spruzzo sulla valigia, proprio all'altezza dei forellini che erano stati praticati per far respirare Cien-ciu. La contorsionista sentì un liquido caldo sulla schiena. "Lin ciau scien zan pelau", pensò in cinese. Che più o meno voleva dire: sarà una notte buia, scomoda e puzzolente, accidenti al momento in cui ho avuto l'idea di fidarmi di quel pelato!

La tigre Gina

Davanti all'ingresso del grande tendone blu c'era la coda. Gigio e Massimo si intrufolarono per capire se c'era la possibilità di entrare. Neanche a parlarne, erano in quattro a strappare i biglietti. Invece l'entrata degli artisti sul retro era sorvegliata da un uomo solo. Un buttafuori grande come un armadio a quattro ante, purtroppo.

«Ogni volantino sono due euro di sconto», disse Massimo. «Se ne raccogliamo dieci entriamo gratis tutti e due»

«Stai zitto», replicò Gigio che aveva tirato fuori il bastoncino d'osso. Lo mise in bilico sull'indice destro e ne osservò il movimento. «Di là», disse accennando con la testa alla direzione del bastoncino.

«Come fai a capirlo?»

«È come l'ago di una bussola. Basta guardare dove punta»

«Me lo fai provare?»

«No»

«Perché?»

«Funziona solo con me. L'importante non è il bastoncino, è la mente»

«Ce l'ho buona anch'io, la mente. Almeno a metà. Dai, fammelo provare. Te lo ridò subito».

Gigio sbuffò e passò il bastoncino all'amico.

«Sta attento a non farlo cad...»

Non riuscì a finire la frase che a Massimo era già scivolato su un sasso. *Tic*. Spezzato in due.

«Non l'ho fatto apposta», disse abbassando gli occhi da gufo.

«Tu non fai niente apposta. Sei solo imbranato».

Massimo era sinceramente pentito. Gigio raccolse i due pezzi d'osso e alzò le spalle.

«Ne ho degli altri a casa. Solo che adesso non abbiamo più la guida»

«E allora?»

«E allora faremo senza».

In silenzio, i due bambini fecero mezzo giro del tendone e notarono uno strappo sulla tela.

«Che ne dici?»

«Non so. Devono averlo fondato in un anno pari, questo circo. Non mi viene in mente niente»

«Entriamo?»

«Lì? Non so se ci passo. È strettissimo»

«È stoffa. Si allargherà. Andiamo».

Massimo si mosse titubante dietro il ragazzino magro. Il cuore cominciò a tamburellare e sentì un gran bisogno di andare al bagno. Avrebbe voluto dirlo a Gigio, ma lui si era già infilato dentro. Avrebbe voluto anche chiedergli: cosa ci facciamo al circo? Ma vide avvicinarsi l'ombra dell'armadio a quattro ante che parlava dentro una radiotrasmittente. Non c'era più tempo. Disse una preghierina a Santa Rosalia, poi infilò il testone nella tela e si tuffò nel buio.

A parte la puzza, non era atterrato in un brutto posto. Per lo meno era morbido. Quella sotto i suoi piedi aveva tutta l'aria di essere paglia. Difatti scricchiolava.

«Hai sganciato?» gli chiese Gigio.

«No, giuro», disse Massimo che stava quasi pensando di approfittarne.

«C'è una puzza... Usciamo di qua», disse Gigio che si era messo a tastare la parete per trovare una porta. Scoprì che lo strappo era in mezzo a un'intelaiatura di ferro, e seguì l'intelaiatura, sicuro che portasse da qualche parte. Si sentiva un gran scricchiolio di paglia calpestata.

«Vuoi stare fermo? Mi confondi»

«Ma io sono fermissimo»

«E allora vorrei sapere chi è che...»

Un colpo di vento fece sbattere il lembo scucito del telone lasciando entrare un lampo di luce. Sufficiente perché Gigio vedesse che dietro le spalle non aveva Massimo. No, cavolo: c'era una tigre che lo stava fissando dritto negli occhi.

«È un esemplare del 2003, un cucciolone», gli disse Massimo con la voce tremante. «Non sorridergli, non voltargli le spalle. Cammina pian piano all'indietro e allontanati».

Gigio eseguì trattenendo il respiro. La tigre cominciò a emettere un *grrrrr* che non prometteva niente di buono.

«Non aver paura. È abituata all'uo-moooooo...», gridò Massimo, perché la tigre intanto si era prodotta in un ruggito agghiacciante. L'animale si rannicchiò sulle zampe posteriori per spiccare un balzo. Nessuno può dire quel che sarebbe successo a Gigio se proprio in quel momento a un metro d'altezza dietro le sue spalle non si fosse aperto un portello circolare. Gigio istintivamente si abbassò e la tigre superandolo con un salto ci volò dentro con una leggerezza straordinaria. Dal buco aperto arrivò una musica a tutto volume:

«Signore e signori, la ferocissima Gina!»

Massimo, che aveva esaurito la sua riserva di coraggio, ora urlava come una scimmia, e saltava da una parte all'altra della gabbia remando con le mani nella semioscurità.

«Ihh... ihh... ihhhhh...»

«Stai calmo, stai...» cercò di dirgli Gigio, che appena rialzata la testa vide saltare nell'oblò con tutt'altra agilità anche il suo amico. Cercò di trattenerlo prendendolo per i calzoni, ma ottenne solo di sfilarglieli.

«Ihhhh...» gridava Massimo mentre scivolava nella gabbia tubolare dove poco prima era passata Gina. Cominciò a rotolare, prese velocità e fu sparato al centro della pista davanti agli occhi esterrefatti del domatore. Tutto il pubblico fece un *oooh* di stupore e si alzò in piedi per vedere il bambino grasso in mutande che era saltato in braccio al domatore a piangere come un vitellino.

Agenti senza pistole

«Chi diavolo sono quei due, perdinci?» sbraitò dal bordo della pista il direttore del circo quando vide un altro bambino spuntare a sua volta fuori dallo scivolo delle tigri. Era già furente perché avevano dovuto sostituire Cien-ciu malata, e adesso ci si mettevano anche i bambini.

«Chiama il buttafuori», disse un clown con le scarpe grosse come le pinne di una foca a un nano con un pallino rosso sul naso. Per arrivare alla radiotrasmittente appesa alla parete, il nano dovette portar via la scaletta al trapezista magiaro, che credendo di trovarla al suo posto mentre scendeva dal trapezio, finì sul cavallo albino, il quale appena avvertì il peso sulla groppa partì a razzo verso l'uscita per fermarsi di colpo e inchinarsi in avanti a salutare il pubblico. L'acrobata fu catapultato verso l'uscita, e piombò in testa al buttafuori, che stava entrando di corsa proprio in quel momento.

L'armadio a quattro ante cominciò a ruzzolare come una palla e creò una valanga umana che travolse tutto e tutti, andò a schiantarsi sul palo centrale che reggeva il tendone e lo spezzò in due. Ci fu un altro *oooh* del pubblico ben più forte del primo. Con un tremendo tonfo, il mezzo palo si conficcò sulla pista e il soffitto si abbassò di colpo di una decina di metri. Il circo era diventato la metà. Il nano si sentì più a suo agio. E qualche ottimista del pubblico, pensando si fosse trattato di una formidabile sequenza di effetti speciali, si mise ad applaudire e a gridare *bravi! bravi!*

Agenti senza pistole

Chi paga i danni?

Nell'auletta non volava una mosca. Gigio, Maria, Brunella e Massimo sedevano composti ai banchi e non osavano nemmeno guardarsi in faccia fra loro. Il commissario Luigi Gatti aveva appena finito di leggere il rapporto dell'agente Taddei detto Mummia, chiamato ad intervenire al Circo di Praga, ed era furibondo.

«Deficiente io che vi ho dato retta. Come si fa a fidarsi di una banda di ragazzini senza cervello? Luigi Gatti sei un cretino!» tuonò e si assestò una sberla che gli lasciò il segno delle cinque dita sulla guancia. «Adesso voi due mi dite che cosa ci facevate al circo!»

«Il suo bastoncino indicava lì, capo», disse Massimo cercando di scaricare la responsabilità su Gigio. A Gatti si gonfiarono le vene del collo.

«E se il suo bastoncino diceva giù dalla finestra di un grattacielo vi buttavate di sotto?»

«Magari col paracadute», azzardò Gigio.

«Per favore, non provarci con le tue battute perché è la giornata sbagliata. Adesso come la mettiamo? Il circo chiede i danni. Chi paga?»

«Abbiamo fatto una colletta», disse Gigio a nome di tutti. «Se svuotiamo i salvadanai, domani possiamo portarle diciotto euro»

«Peccato che loro ne vogliano ventimila!»

«Glieli daremo a rate. Anche mio papà prende tutto a rate, capo. Non ha mai soldi»

«E smettila di chiamarmi capo! Tu sei quello che deve stare più zitto di tutti. Sei andato in giro a dire a mezzo mondo che sei un investigatore della polizia. E voi due là in fondo? Si può sapere cosa ci facevate sull'aliscafo?»

«Era Giacomo che voleva salire...»

«Basta con questo Giacomo. Chi è Giacomo? Io non lo vedo. Giacomo è il nome di tutte le idee matte che ti vengono in testa!»

Il mento di Maria cominciò a tremare. La bambina stava per scoppiare a piangere. Gatti se ne accorse e abbassò un po' la voce.

«Scusami Maria, ma sono veramente arrabbiato. Oltretutto mi avete rubato il telefonino»

«Era solo in prestito, per avvertirla se succedeva qualcosa», si giustificò Brunella.

«Tu non azzardarti più a mettere le mani in tasca a nessuno, chiaro? Perché ti faccio spedire al riformatorio. E poi perché siete rimaste tre ore sull'aliscafo? Sono stato in pensiero, accidenti!»

«È stato perché... ha avuto un guasto», disse Maria timidamente.

«È vero, l'hanno detto anche prima alla televisione», confermò Massimo. «Aliscafo fermo in mezzo al lago per rottura della pompa del motore».

«Ma io non l'ho fatto apposta, giuro», disse Brunella per giustificarsi.

Gatti si passò una mano sulla fronte, disperato.

«Di voi non ne voglio più sapere. Parlerò col questore. Da domani liberi tutti. Il corso si chiude qui».

I bambini abbassarono la testa e lui si alzò in piedi. Sentiva il bisogno di una boccata d'aria.

Andò ad aprire la finestra e *pic* una pallina lo centrò in un occhio. Direttamente dal corso di pongo.

Un pugno sul tavolo

Convincere il questore non fu affatto difficile. Una volta che ebbe sotto il naso il conto del circo, il dottor Adelmo Scaccabarozzi pestò un pugno sul tavolo e si mise a sbraitare contro Gatti, come se l'idea dei paranormali fosse stata sua.

Il commissario sopportò con pazienza, stavolta non poteva reagire perché una cretinata l'aveva fatta pure lui: non si lasciano soli quattro bambini.

Comunque la decisione di chiudere il corso per detective fu presa all'istante e Gatti uscì dalla casa del questore sollevato. Certo in quel modo il problema del furto a villa Savoiardi non era risolto, ma per lo meno si era tolto di torno i ragazzini e poteva dedicarsi davvero alle indagini. Rimanevano 24 ore di tempo e qualcosa si poteva ancora tentare.

Tornò nel suo ufficio e rimase tutta la notte a guardare i fascicoli dei rapporti sui furti alle ville per vedere se gli era sfuggito qualcosa. A un certo punto realizzò che stava facendo un lavoro inutile. Aveva le palpebre che pesavano una tonnellata. Mentre appoggiava la testa sul tavolo, gli balenò in mente il sorriso di Maria, con quei dentoni da castoro. Pensò che gli sarebbe piaciuto avere una figlia così.

Ore tre del mattino

Bip bip. A una ventina di chilometri dalla scrivania del commissario, un orologio svizzero aveva cominciato a suonare. *Bip bip.* Le tre del mattino. Un momento dopo la portiera di un fuoristrada posteggiato davanti alla gioielleria Alessandrini si aprì, e un

Agenti senza pistole

uomo con un passamontagna nero schizzò fuori. Aveva un mattone in una mano e una sbarra di ferro nell'altra.

Usò la sbarra per sollevare la saracinesca della gioielleria e subito un allarme cominciò a squillare. L'uomo prese il mattone e lo tirò deciso. Il mattone fece un *toc* sordo e ricadde senza nemmeno scalfire il vetro. L'uomo ci riprovò con più forza ma ottenne solo di farselo rimbalzare su una caviglia.

Allora risalì in macchina, accelerò e si sparò contro la gioielleria. Uno *sgeeeengg* violentissimo marcò l'impatto fra i respingenti per mucche del fuoristrada e la vetrina. Il cristallo si ruppe a tela di ragno, ma non

crollò. I respingenti per mucche rientrarono di una ventina di centimetri. Così conciati non avrebbero respinto nemmeno una pecora. L'uomo non ci badò. Scese al volo zoppicando, diede due colpi di sbarra al cristallo fino ad aprire un varco, cacciò dentro la mano, arraffò quello che gli capitava e se lo mise in tasca. Poi rientrò di corsa in macchina. Chiuse la portiera. Si ricordò di aver dimenticato la sbarra. Riaprì, andò a raccogliere la sbarra, la richiuse al volo con forza, ma nella fretta aveva lasciato fuori una gamba e la portiera gli arrivò sulla stessa caviglia di prima. *Uhi uhi...* dolore bestiale. L'uomo tirò dentro la caviglia ma nel farlo perse la scarpa. Riaprì, agguantò la scarpa, richiuse, infilò la prima e finalmente partì sgommando. Tirò un sospiro e diede un'occhiata all'orologio. In tutto ci aveva messo solo novantacinque secoon... Diavolo di una macchina, andava così forte che era bastato distrarsi un attimo che quasi finiva giù dalla scarpata.

Squillò il telefono. L'uomo cercò il pulsante del viva voce sul cruscotto e lo schiacciò.

«Allora?» era la voce di Plinio.

«Tutto fatto»

«Quanto ci hai messo?»

«Novantacinque secondi»

«Perfetto. In questo momento Cien-ciu dovrebbe essere al lavoro. Considerando che la polizia impiegherà almeno altri tre minuti ad arrivare, e un altro paio di minuti a disinnescare l'allarme, la ragazza ha cinque minuti buoni per sostituire la maschera e rientrare in valigia»

«Ce la farebbe anche la donna cannone», disse l'uomo al volante. Cominciava a prenderci gusto con il fuoristrada.

«Come va la macchina?»

«Una bomba»

«Vedi di trattarla bene. Se le fai un graffio ti rompo la testa»

Silenzio.

«Le hai già fatto un graffio?»

«No, alla macchina no», disse l'uomo evitando di aggiungere che invece ai respingenti per mucche sì. Cercò di cambiare discorso. «Come si accende il condizionatore, Plinio? Fa un caldo...»

«Scommetto che non ti sei tolto il passamontagna, scemo!»

Giacomo

Un piccolo abat-jour illuminò la modesta stanza di una pensione del centro. Impossibile dire chi l'avesse acceso, visto che in un letto dormiva raggomitolata la piccola Maria Voltolina, e nell'altro non dormiva nessuno. E l'abat-jour si era illuminato proprio dalla parte di questo nessuno.

Come infastidita dalla lucina, Maria si scoprì la testa e aprì gli occhi.

«Cosa c'è?» disse con una voce piena di sonno. Accese il suo abat-jour e guardò la sveglietta sul comodino.

«Ma dico, sei impazzito? Sono le tre... Giacomo, se non riesci a prendere sonno conta le pecore... Non puoi andare in un'altra camera? Sono tutte vuote... Ti senti solo, ma a me la luce dà fastidio... No, due chiacchiere a quest'ora te le scordi... Cosa? Millesettecentonovantotto? Sono le pecore che hai contato?... Ah, l'anno di Napoleone Bonaparte in Egitto... Ma cosa vuoi che m'interessi?... No, sono in vacanza, non voglio ripassare Storia... Telefonare al commissario Gatti a quest'ora? E per cosa?... Una lezione di storia? Ma sei impazzito?... Non se ne parla. Già mi hai fatto fare una figuraccia con la storia dell'aliscafo... Adesso smettila e spegni la luce che ho sonno».

Maria spense il suo abat-jour e si infagottò di nuovo nelle coperte.

«Spegni, ho detto!»

Dopo un attimo anche l'abat-jour di fianco al letto vuoto si spense, e la camera ripiombò nel buio.

Dilettanti

Davanti alla gioielleria Alessandrini due operai appoggiarono a terra la pesante vetrina nuova. Era mattina presto e dal lago saliva una leggera nebbia. Sulla soglia del negozio il proprietario guardava,

Agenti senza pistole

scuotendo la testa, il buco nel cristallo e la doppia raggiera di incrinature che arrivavano fino ai battenti. Qualche curioso guardava. Dal viale ancora deserto arrivò un'automobile argentata e parcheggiò sul marciapiede.

«Cos'è successo?» chiese Plinio al gioielliere scendendo dalla macchina. Era ancora truccato con baffi e parrucca.

«Un furto. Stanotte alle tre», disse Alessandrini con una voce depressa. Plinio fece una faccia preoccupata.

«La sua valigia non l'hanno toccata», lo tranquillizzò il gioielliere. «Hanno arraffato qualcosa in vetrina e sono scappati prima che arrivasse la polizia. Erano dilettanti. Non sono arrivati alla cassaforte»

«Grazie al cielo»

«Però forse è meglio se per le pietre torna un altro giorno. Devo fare l'inventario per la polizia»

«Faccia con calma. Mi riprendo la valigia e ci vediamo la settimana ventura»

«Sì, se non le spiace... Gliel'ho appoggiata in negozio».

Mentre gli operai smontavano

la vecchia vetrina, Plinio uscì dal negozio trascinandosi dietro la valigia, un po' storto perché la lombaggine, nonostante la panciera elastica, non gli dava pace. Cercò di sorridere ad Alessandrini mentre caricava la valigia in macchina, ma gli uscì una smorfia di dolore.

Avviò il motore e fece in tempo a vedere nello specchietto l'auto biancoceleste della Polizia che si fermava davanti alla gioielleria. Accelerò con calma sul lungolago e finalmente sorrise. Era fatta.

«È falsa»

Il commissario Gatti guardò con occhio distratto l'automobile color argento che spariva in fondo al viale e poi si rivolse al gioielliere.

«Quindi mi diceva che in tutto hanno rubato tremila euro di gioielli?»

«Devo ancora finire l'inventario, però grosso modo la cifra è quella»

«Le è andata bene»

«Più che altro è stato lo spavento, quando i suoi colleghi mi hanno svegliato». Il gioielliere gli fece cenno di seguirlo nel retrobottega. «Sa, qui ho un pezzo di enorme valore dello Stato italiano. Devo consegnarlo oggi»

«Non sapevo. E cos'è?»

«Una maschera egizia portata in Italia da Napoleone Bonaparte. Ho appena finito di restaurarla».

Taddei si affacciò sulla porta e chiamò Gatti.

Agenti senza pistole

«Parli di faraoni e compare la mummia», commentò il commissario.

«C'è una bambina che chiede urgentemente di lei»

«Una bambina? Chi?»

«Non so, non ho capito. Invece di parlare con me, parla da sola»

«Mi scusi un momento...» disse Gatti al gioielliere e schizzò fuori dal negozio.

Maria era appoggiata al muro della casa di fronte. Appena lo vide lo salutò con un sorriso. Il commissario avrebbe voluto essere duro, ma finì a parlare con un tono delicatissimo.

«Cos'è successo, Maria?»

«Mi ha accompagnato il suo agente, è stato gentile»

«D'accordo. Ma perché sei venuta?»

«Volevo chiedere scusa. Ieri è stata colpa mia. Giacomo ha insistito per salire sull'aliscafo, e noi...»

«Non ha più importanza. Anzi, meglio così. La squadra era un'idea sbagliata. Non poteva comunque andare avanti»

«Ma è un peccato. Perché era una bellissima cosa. Eravamo partiti pieni di paure, ma lei col suo modo di fare ci ha dato sicurezza...»

«Io? Pensavo di esservi antipatico»

«Lei è una persona buona, che vuol bene ai bambini e... Giacomo, basta con questa storia... e non gridarmi nelle orecchie quando sto parlando... Scusi eh commissario, ma questa notte non mi ha lasciato dormire. Continua a insistere con Napoleone Bonaparte... Ma cosa c'entra adesso la campagna d'Egitto, Giacomo. Piantala... lo sai che a me non piacciono i racconti di guerra»

«Cosa dici dell'Egitto?»

«Le interessa?»

«No, è che... il gioielliere prima stava per farmi vedere... Ti spiace venire con me?»

Il commissario attraversò la strada seguito da Maria ed entrò nel retrobottega.

«Questa è la maschera di cui le parlavo. È qui in gran segreto», disse il gioielliere Alessandrini.

Ma poi si pentì di quel che aveva detto, perché si accorse che dietro al commissario c'era una bambina coi capelli rossi. Gatti intuì la sua preoccupazione.

«Le presento Maria. È una nostra... una mia... ehm... nipotina».

In quel momento squillò il telefono. Alessandrini si scusò e andò a rispondere.

«Era questa che volevi vedere, Giacomo?... Certo che se non ti fai capire... Adesso sei contento? Ti piace?... Cosa? Falsa? Ma sei sicuro?... Commissario, Giacomo dice che è falsa»

«Stai scherzando?»

«Stai scherzando, Giacomo?... No, non scherza»

«È impossibile, Maria. Questo pezzo appartiene addirittura allo Stato italiano. Cosa vuoi farmi credere?»

«Io niente. È Giacomo che... Comunque dice che se non ci crede può sempre chiedere una perizia. Cos'è una perizia?»

«Ma dice chi? Basta, veramente, io sono stufo della storia di questo Giacomo».

Il gioielliere riappese il telefono e si avvicinò di nuovo ai due.

«Scusi, era mia moglie Ines»

«Tanto noi qui avevamo finito, no?» disse Gatti, sbrigativo. «La saluto. Qualsiasi cosa, siamo a disposizione».

Gatti fece per uscire, Maria, però, fissava la maschera e non accennava a muoversi.

«Maria? Che dici, andiamo?»

Maria sembrava sull'orlo di una crisi di pianto. Non rispose e guardò Gatti con aria implorante.

«È incantata dalla maschera», disse il commissario per giustificarla. Poi buttò lì: «Ma questa è proprio l'originale o è una copia?»

«Mi prende in giro? Il turchese sulla fronte è uno dei più puri che siano mai stati intagliati».

Non vista dal gioielliere, Maria scuoteva la testa in direzione di Gatti.

«È una curiosità che ho sempre avuto», continuò il commissario. «Come fa un intenditore a capire la purezza di una pietra?»

Alessandrini sorrise e prese in mano la maschera.

«Non serve neanche la lente... È un fatto geometrico, di riflessione della luce. Se nota la...»

Il gioielliere improvvisamente si bloccò e la sua faccia diventò bianca come la parete bianca. Gridò:

«Oddio Santo!»

«Che c'è?» gridò a sua volta il commissario.
«Come che c'è? Questa è falsa».

Come un boomerang

Mentre Caterina cucinava il pollo tandori impuzzendo ogni angolo della casa, il dottor Adelmo Scaccabarozzi era chiuso nello studio col commissario Luigi Gatti.

«Gatti, la faccenda della maschera egizia non mi pare una tragedia: è stato il gioielliere, vorrà incassare l'assicurazione. Torchiatelo, e alla fine confesserà. Piuttosto, mi dica, a che punto sono le indagini sul caso Savoiardi?»

«Aspetti, dottore. C'è un altro particolare. La Maschera del Faraone non era del gioielliere»

«Ah no?»

«Era dello Stato»

«Gatti, le cose importanti me le deve dire subito. E questa è una cosa importante. Perché ora io devo avvertire il ministro e conoscendolo... Ha presente il boomerang? Sento che la faccenda mi ritornerà indietro al volo e mi beccherà proprio qui in mezzo alla fronte. Meglio che lo chiami io, prima che sia lui a...»

Il telefono squillò.

«Tardi», commentò Gatti. Il questore alzò il ricevitore e giocò d'anticipo.

«Italoooo, buongiorno. Scommetto che vuoi sapere del Savoiardi. Le indagini procedono a gonfie vele. Ne stavo appunto discutendo col commissario Gatti, che ho qui davanti. Per domenica ti preparo una bella sorpresa»

«Vedi di produrre dei risultati, sennò la bella sorpresa te la faccio io. Ricordati che sostituirò il Presidente nella cerimonia per la solenne restituzione della Maschera del Faraone al Primo ministro egiziano».

Elmo sbiancò.

«La Maschera del Faraone? Mica quella che avete data da restaurare a un gioielliere qui sul lago?»

«Lei»

«Ma bisogna restituirla per forza? Non bisognerebbe dargliele tutte vinte agli Egiziani. Si sa come sono, gli ridai un dito, si ripigliano tutto il braccio...»

«Adesso ti metti anche a parlare di politica estera? Vuoi incrinare gli equilibri internazionali? Stai al tuo posto, finché ci stai, e fammi trovare tutto in ordine. Chiaro?»

Italo appese senza salutare ed Elmo stramazzò sulla poltrona.

«Gatti, questo è un problema internazionale, che apre una crisi col Medio Oriente. Abbiamo dodici ore per recuperare quella maschera. Massimo impegno operativo. Avverta tutte le unità. Blocchi le frontiere. Mandi anche un telex al questore di Milano»

«Scusi dottore, io finora ho tenuto la faccenda segreta. Se avvertiamo tutti che segreto è?»

«Anche questo è vero, per la miseria».

Ci fu il solito minuto di silenzio. Adelmo Scaccabarozzi sentiva i brividi in tutto il corpo. Luigi Gatti sentiva che la sua giacchetta stava cominciando a impuzzirsi di pollo tandori.

«C'è una sola cosa da fare», disse il commissario.

«Quale?»

«Mobilitiamo i bambini»

«Cosa?»

«Sono gli unici che possono darci una dritta giusta per arrivare in tempo»

«Ma se proprio lei, non più tardi di ieri sera, ha insistito per...»

«Lo so, ma non le ho detto una cosa: la traccia per scoprire che la maschera era falsa, me l'ha data una di loro»

«Era meglio se non gliel'avesse data, perdinci. Era un copia ben fatta, si restituiva quella e morta lì»

«Dobbiamo provarci, dottore. È la nostra sola possibilità».

«Non se ne parla!» sbottò Elmo. «Ma non si rende conto del pericolo? Se al circo hanno fatto quel guaio che hanno fatto, qui come minimo scatenano la terza guerra mondiale!»

3
All'inseguimento

Nell'auletta della scuola la finestra era aperta. Il commissario Gatti bussò persuaso di trovare la direttrice del campo estivo.

«Signora Marika?»

Nessuna risposta. Forse era andata a pranzo e si era dimenticata di chiudere. Il commissario entrò.

Gigio, Maria e Massimo erano seduti ai loro posti e lo salutarono, per niente sorpresi di vederlo. Il commissario rimase un momento senza parole.

«Giacomo mi ha detto che aveva urgente bisogno di noi», spiegò Maria. «Così ho fatto passare la voce...»

«Ma voi non dovete prendere iniziative così, come vi gira!»

«Giacomo stavolta era sicuro»

«Il corso è sospeso!»

«E allora perché è venuto qui, commissario?» chiese Gigio con la sua voce decisa.

«Beh ecco, il corso è sospeso... ufficialmente. Nel senso che il questore non ne vuol più sentir parlare. E ha anche ragione, dopo quello che avete combinato. Ma...»

«Ma?»

«Io vorrei farvi qualche... lezione supplementare»

«Insomma è come diceva Giacomo», concluse Gigio.

«Sì, però Giacomo non è il responsabile. Dovevo essere io eventualmente a convocarvi, a chiedere il permesso ai vostri genitori e...»

«Veniamo al sodo».

Disse proprio così, Gigio, *veniamo al sodo*. Aveva sentito la battuta in un telefilm poliziesco e gli sembrò il momento giusto di usarla.

«D'accordo. Tanto la frittata è fatta», replicò il commissario cambiando ricetta all'uovo. «Ma Brunella?»

Massimo abbassò il testone.

«Non vuol più venire, capo»

«Forse ieri con la storia del riformatorio è stato un po' duro», disse Maria dolcemente.

Gatti si trovò nella condizione di giustificarsi.

«Cosa dovevo prometterle, la settimana bianca? Mi aveva portato via di tasca il cellulare»

«Solo per l'esercitazione sul campo», precisò la bambina dai capelli rossi. «E poi è servito»

«Ma questa è una scuola di polizia non di ladreria!»

«Magari se le dicesse qualcosa di gentile...»

«Io? Ragazzi, vediamo di non perdere la bussola. Sono il vostro insegnante. E se c'è qualcuno che deve essere gentile...» disse il commissario, ma il resto della frase gli rimase in gola. Perché da dietro l'armadietto in fondo all'aula spuntò Brunella.

«Visto?» fece rivolta ai compagni. «Tutti uguali. Ci trattano sempre così, noi zingari. Ciao»

Agenti senza pistole

«No aspetta, Brunella...» la fermò sulla porta Gatti. «Io... ehm... volevo dirti che non è vero. Non siamo tutti uguali. Ieri ti ho detto quel che pensavo e non me ne pento affatto. Però ho rispetto per te e per la tua gente».

Brunella lo guardò dritto negli occhi per vedere se diceva la verità. Gatti sostenne lo sguardo.

«All'inizio si sbaglia tutti. Avete sbagliato voi e magari ho sbagliato anch'io a fidarmi poco. Ma adesso abbiamo l'occasione per voltare pagina. Io ho... io ho... io ho...» si impappinò Gatti, e pareva un asino. «Io ho idea che voi potete diventare degli ottimi detective. Però dovete dimostrarlo sul campo formando una vera squadra. E per fare una squadra, c'è bisogno di tutti e quattro».

Brunella non disse più niente. Tirò su dal naso e tornò al suo posto. Massimo prese da sotto il banco un pacchetto di patatine e cominciò a sgranocchiare. Il commissario andò a sedersi in cattedra.

«Maria vi ha già detto tutto della Maschera del Faraone?»

«*Scì*, capo, *sciappiamo* che è *scitata* rubata *scitanotte* alle tre», Massimo era così eccitato che mangiava manciate di patatine alla volta.

«Del furto siamo a conoscenza solo noi, il questore e il gioielliere Alessandrini», continuò Gatti. «Secondo me un colpo del genere lo possono fare solo dei professionisti. E i professionisti noi li conosciamo tutti».

Il commissario aprì la borsa che aveva appoggiato sulla cattedra ed estrasse un album di fotografie.

«Queste sono le foto segnaletiche dei ladri più conosciuti. Prendete le sedie, venite qui intorno. Vediamo se *percepite* qualcosa», disse Gatti. E stavolta quel *percepite* non suonò da prendi in giro.

Un'ora più tardi la cattedra era piena di fotografie e il commissario cominciava a disperare. Maria era particolarmente mogia. Brunella sbuffava e sembrava di nuovo per i fatti suoi. L'unico contributo di Massimo era stato alzarsi una decina di volte per andare in bagno a bere. In quanto a Gigio, pareva solo occupato a giocherellare con un bastoncino d'osso del tutto simile a quello rotto il giorno prima.

«È inutile andare avanti», disse Gigio infilandosi il bastoncino in tasca. «Fosse stato uno di questi, Giacomo se ne sarebbe accorto»

«Non contarci», disse Maria. «Sta facendo il gioco del silenzio. Quando fa così, è capace di star zitto una settimana»

«Per me è stato il gioielliere, capo. Bisogna torturarlo»

«Non diciamo cretinate, Massimo». Gatti ormai aveva rinunciato a fargli smettere di chiamarlo capo.

«E il giorno prima?» chiese Brunella che aveva le sopracciglia aggrottate e lo sguardo improvvisamente concentratissimo. «Non è entrato nessuno nella cassaforte, il giorno prima?»

«Perché me lo chiedi?»

«Di ladri me ne intendo»

«A detta del gioielliere è stata una giornata come tutte le altre. A parte un piccolo particolare: ha messo in cassaforte la valigia di un importatore di pietre. Ma abbiamo già controllato il nominativo, è un professionista del settore, attivo in Veneto. Non ha precedenti penali. Insomma è a posto»

«E come si chiama questo tizio?» chiese Massimo.

Gatti aprì una cartelletta e gli passò un foglio.

«Prandoni Carlo, nato a Foggia nel '57. Anno dispari. È il mio campo... No, non ci siamo. Non è lui»

«Come non è lui?»

«Carlo Prandoni, di Prandoni Ernesto e Corbella Elide è in vacanza a Bali»

«A Bali?»

«Sì, con sua moglie. Torna in Italia fra quindici giorni. Volo AZ 193»

«Sei sicuro?»

«Non posso sbagliare su uno del '57. Controlli se vuole. Dev'essere un altro che ha usato il suo nome»

«Faremo una verifica. Può esserci stato un disguido, ma non vedo cosa...»

«E il gioielliere l'ha aperta?» lo interruppe Brunella

«Che?»

«La valigia»

«Non credo. È stata in cassaforte tutta la notte e l'indomani il commerciante è venuto a riprendersela».

Gigio scuoteva la testa. Il commissario lo anticipò.

«Me la sono fatta descrivere, era una valigia di medie dimensioni. Se pensi che ci possa stare un uomo lì dentro, ti sbagli di grosso»

«Un uomo no, ma la donna tascabile sì»

«Cien-ciu!» gridò Massimo entusiasta. «Ecco perché ieri al circo era assente»

«Cien...chi?»

«Cien-ciu, la contorsionista del Circo di Praga. Ieri il direttore ha fatto l'annuncio prima dello spettacolo. Ha detto che aveva il morbillo, capisce?»

«E allora? Non credo che una possa fare troppe contorsioni con la febbre a quaranta»

«Sopratutto se è nascosta in una valigia»

«Fantasie», commentò Gatti.

«Mi ascolti commissario, il bastoncino non sbaglia. Io ieri non sapevo perché mi portava proprio al circo, ma lui sì»

«E io su che basi ti devo credere?»

«Lei deve avere fiducia», si inserì Maria. «I poteri…»

«I poteri, poteri…», la interruppe Gatti spazientito. «Allora non giriamoci tanto intorno. Chiedi a Giacomo chi è stato, nome e cognome, dove abita, così mando la volante e abbiamo risolto il caso»

«Ma non funziona così», disse Maria dolcemente.

«Immagini un mosaico. Noi possiamo pescare qualche pezzo buono, ma il disegno deve farlo lei».

Gigio si alzò di scatto.

«Dove vai?»

«Prendo l'autobus e vado al circo a fare un sopralluogo»

«Un momento. È un'idea assolutamente campata per aria»

«Ha detto anche lei che c'è poco tempo, no?»

«Guarda che per trovare i colpevoli non basta l'immaginazione, ci vogliono le prove»

«Appunto. Mi lasci andare»

«Tu da solo non vai da nessuna parte»

«Stavolta si fidi, commissario. Prometto che non farò guai»

«Ho detto non da solo»

«Perché?»

«Suore e poliziotti, sempre in due»

«Lo accompagno io, capo»

«Per carità. Tu Massimo non ti muovi di qui. Brunella, vai tu. Questi sono i soldi per il biglietto. Fra un'ora al massimo vi voglio indietro»

«Devo proprio?» domandò la bambina.

Il commissario fece cenno di sì e i due uscirono insieme.

«Se Gigio ha ragione, allora il colpevole è l'importatore, capo. Bisogna immediatamente bloccarlo», disse Massimo, che non vedeva l'ora di menare le mani.

«Calma, Massimo. Se ci pensi più di un minuto, la cosa non sta in piedi. Anche ammettendo che questa donna tascabile sia entrata dentro una valigia grossa così... e se permetti, ho i miei dubbi... come ha fatto a sostituire la maschera? La cassaforte era piena di sensori. Al primo movimento sarebbe scattato l'allarme e...» Il commissario si bloccò, fulminato da un pensiero improvviso. «Difatti l'allarme è scattato»

«Quando?»

«La vetrina rotta. Ecco a cosa serviva! Venite con me. Torniamo alla gioielleria».

L'orologio

Una puzza dolciastra e schifosa, che sapeva un po' di zucchero filato e un po' di sterco di animale, era tutto quel che rimaneva del circo.

Nello spiazzo dove il giorno prima trionfava il grande tendone blu ora c'era solo sporcizia: bicchieri di carta, sacchetti buttati per terra e cartacce che volavano nel vento. Gigio si aggirava fra i rifiuti. Brunella, dieci passi avanti a lui, si abbassò a raccogliere qualcosa.

«Potevi prevedere che smontavano tutto», gli disse la ragazzina coi capelli lucenti. «Non sei un gran che come indovino»

«Non sono indovino, sono rabdomante»

«Cioè?»

«Cioè so il dove, non il cosa. O cavolo, adesso che mi ricordo: l'avevano detto al megafono che era l'ultimo giorno...»

«Quindi sei scarso anche di memoria»

«Ma la vuoi piantare?» reagì Gigio. Aveva in mano il bastoncino e lo teneva in bilico sull'indice. «Di là», disse indicando il punto da dove erano venuti.

«Guarda che di là ci siamo già stati»

«Il bastoncino dice di là e se permetti io lo seguo»

«Mi sa che sei scarso anche come rabdomante», commentò Brunella. Gigio non rispose.

«E poi non mi piace come ti vesti», continuò la ragazzina, «ancora con quei calzoni corti. Sei ridicolo»

«È estate. Fa caldo. Metto i calzoni corti. A me piace così»

«A te, ma alle ragazze non piacerai mai»

«Tu pensi di piacere a tutti perché sei carina? Beh, a me non piaci», rispose Gigio a muso duro. Brunella restò male.

«Aspetta. C'è qualcosa che non va»

«Cosa? La mia gonna a fiori? O come mi pettino?»

«No, dicevo, c'è qualcosa che non va perché il bastoncino ci sta facendo girare in tondo»

«È scarso pure il bastoncino».

Gigio stava incominciando a innervosirsi per davvero, quando notò che Brunella giocherellava con un orologio.

«E quello cos'è?»

«Non lo vedi?»

«È tuo?»

«Adesso che l'ho trovato è mio»

«Adesso quando?»

«Adesso prima, quando eravamo là in fondo. Era in mezzo alla spazzatura»

«Fa un po' vedere...»

Gigio prese in mano l'orologio. Notò che era un modello con la sveglia digitale. Premette un pulsantino e comparve la scritta *3.00 am.*

«Beh? Allora, me lo vuoi ridare o no?» si preoccupò Brunella.

«Cavolo, le tre!» gridò improvvisamente Gigio. «Ecco perché giravamo in tondo!»

«Non capisco»
«Il bastoncino ci faceva tornare continuamente sui nostri passi perché seguiva te, capisci?»
«Per l'orologio?»
«Certo. Potrebbe essere quello di Cien-ciu. Le tre è l'ora in cui è stata fatta la rapina»
«E con questo?»
«E con questo non so»
«Vedi? Sei scarso»
«Sono scarso, sono scarso, tu cosa sai fare invece?»
Brunella strizzò gli occhi e fissò l'orologio. I numerini si spostarono ed uscì un *2.00 am*.
«Contento?»
«Ma cos'hai combinato?»
«L'ho spostato indietro»
«Così adesso non abbiamo più la prova!»
Brunella sbuffò.
«Certo che sei noioso. Ci si annoia con te», strizzò di nuovo gli occhi e i numerini segnarono un *4.00*.
«Lascia perdere, non fai altro che pasticci»
«Parla lui...»
Gigio stava di nuovo facendo oscillare il bastoncino sull'indice. Una goccia d'acqua colpì Brunella sul naso.
«Torniamo al corso», disse. «Fra un po' piove e qui non c'è più niente di divertente»
«Cosa c'è laggiù?» chiese Gigio puntando il braccio verso nord.
«A occhio, la Svizzera», rispose Brunella.
«A occhio dovremmo andarci subito»

«Andiamo»

«Ma non si può. Il commissario ha detto che ci dava un'ora al massimo»

«Tutti uguali, voi. Mai il coraggio di disubbidire ai grandi».

Certo che quella ragazzina provocava. Gigio rimase un attimo a riflettere su come reagire, poi:

«Sei mai stata su un'ambulanza?» le disse.

Brunella si illuminò.

«Con la sirena?»

Gigio le sorrise.

«Sì. E con il lampeggiante blu».

Casco giallo

Cominciò a piovere e Plinio realizzò contemporaneamente due cose. Una cattiva e l'altra peggio. Quella cattiva era che nella fretta aveva dimenticato l'ombrello in macchina. Quella peggio, era che davanti alla sua macchina c'era la polizia. Poteva essere un caso, ma i poliziotti erano proprio lì, accidenti. Ronzavano davanti alla sua auto argentata guardandoci dentro. Li vedeva dalla finestra. C'era un uomo di mezza età con una cresta di capelli dritti in testa, quel famoso agente con la faccia imbambolata e poi c'erano anche... non era possibile... Invece sì, erano proprio due bambini. Due bambini? Plinio prese il telefono e chiamò l'uomo dal saio damascato.

Agenti senza pistole

«Sono Plinio...»
«Scusami ma sono occupato, ho qui una signora...»
«Tu hai lì una signora e io ho qui la polizia»
«La polizia?»
«Stanno guardando dentro la mia macchina»
«E come mai?»
«Come mai lo chiedo a te. Ti sei lasciato scappare qualcosa?»
«Figurati, niente...»
«Guarda che se vengo a scoprire che hai parlato...»
«Ti giuro, Plinio. Non sono così stupido»
«E allora spiegami come fanno a essere già qui»
«Sarà stato il gioielliere»
«Se non sa neanche come mi chiamo...»
«Non prendertela con me»
«Lo capisci che devo ancora portare il pezzo in Svizzera?»
«Ti conviene far presto»
«Senti, scemo. Se hanno già scoperto il furto avranno anche messo i controlli alle frontiere! Dobbiamo cambiare il piano»
«Vedrai che è una coincidenza, Plinio. È impossibile che...»
Suonò il citofono.
«Talmente impossibile che sono già qui»,

disse Plinio interrompendo la comunicazione. Aveva pochissimo tempo. Prese la borsa e si precipitò giù dalla scala di servizio. Fortuna che il suo garage aveva l'uscita su un'altra strada.

«Non risponde nessuno, commissario», disse la Mummia.

«E tu riprova, Taddei. Avanti, un po' di vita. Schiaccia il ditino»

«L'auto non mi dice niente. Dev'essere immatricolata in un anno pari», rifletté Massimo. E aggiunse: «È sicuro che l'indirizzo sia giusto, capo? Io verificherei meglio»

«Lasciatemi fare il mio mestiere. Se vi dico che abita qui è perché abita qui. Abbiamo le nostre informazioni anche noi».

Il commissario era nervoso. I bambini stavano cominciando a prendere troppa confidenza.

È vero, Prandoni era risultato essere in vacanza a Bali, e il gioielliere aveva riconosciuto il finto rappresentante in una delle foto segnaletiche. Ma questo non voleva dire che avessero sempre ragione loro. Di questo passo dove sarebbero arrivati, a dargli ordini?

La Mummia teneva il dito schiacciato sul campanello ormai da un minuto.

«E smettila, Taddei. Se non c'è, non c'è. Cosa insisti? Vediamo di far presto, che piove. Vai a chiedere ai vicini se l'hanno visto da queste parti»

«Ai vicini?»

«Sì, e non guardarmi con quella faccia. Si comincia sempre dai vicini. Poi si passa a quelli un po' più lontani e alla fine, ma solo alla fine, si prova con gli extraterresti»

«Gli extraterresti?» chiese la Mummia con gli occhi persi.

«Era una battuta, Taddei. Svegliati perdiana, sono le tre di pomeriggio!»

In quel momento dal portone uscì un signore con la pipa.

«Lei è un vicino?» lo interrogò la Mummia. Il signore con la pipa strabuzzò gli occhi. Intervenne Gatti:

«Volevamo domandarle se ha visto di recente il signor Plinio Lo Russo»

«Sì, un minuto fa. Stava uscendo in moto».

Fu un lampo. Il commissario Gatti si girò di scatto e vide un casco giallo che svoltava l'angolo in fondo alla strada.

«Da quella parte», gridò. Il signore con la pipa fece un balzo indietro, spaventato. Taddei si mise a correre.

«Dove diavolo vai?» gli urlò il commissario. La Mummia corse in avanti ancora per un paio di secondi prima di realizzare. Alzò le sopracciglia, disse *uh* e fece un brusco dietro front. L'auto biancoceleste era partita a tavoletta, con una portiera aperta dal lato del passeggero. Lui saltò per buttarsi dentro, ma nel darsi la spinta scivolò sull'asfalto umido e finì per fare un carpiato, atterrando con i denti sullo spigolo del cruscotto.

«Tutto bene», disse tenendosi in mano un incisivo, «tutto *beniffimo*».

A tavoletta

«Più forte, capo, più forte!» gridava Massimo eccitatissimo. La moto infilò un vicolo contromano, e l'auto biancoceleste si buttò all'inseguimento.

«Il camion della spazzatura!» urlò Maria, attaccandosi alla maglietta di Massimo. Davanti a loro c'era un camion verde col braccio meccanico che scaricava i bidoni. L'impressione fu che la *volante* si stringesse, perché strisciando contro il muro riuscì per miracolo a passare.

Al manovratore del camion venne la tremarella e perse il controllo del braccio meccanico. Taddei si sporse dal finestrino.

«Per un pelo, comm...» cominciò a dire, ma gli arrivò in testa una montagna di spazzatura. «...missario», concluse imperterrita la Mummia con un uovo marcio in testa.

«Mi hai strappato la maglietta», protestò Massimo.

«Non è colpa mia, è Giacomo che è un fifooo... Aiuto!»

La moto passò fra due paracarri di pietra e anche la loro auto li puntò.

«Buttatevi di qua», gridò il commissario. Si ammassarono tutti dalla parte del guidatore, Gatti si sporse con il busto dal finestrino e si alzò su due ruote, passando in mezzo ai paracarri.

«Va bene abbracciarmi, Taddei, ma evita di darmi anche i bacini», ironizzò il commissario mentre la macchina ripiombava violentemente al suolo. «Puzzi da far schifo».

«Lei è un fenomeno, capo», commentò Massimo, ammirato per la prestazione. Ora la moto sfrecciava in un parco riservato ai cani e loro le tenevano dietro. Due bassotti per la paura fecero pipì sulla gamba della signora che li portava al guinzaglio, e un alano saltò in braccio al padrone mandandolo a gambe all'aria sul prato. Ma Gatti non perse la coda della moto. La stava quasi prendendo, quando Plinio Lo

Russo ebbe un'idea. Invece di curvare verso l'uscita del parco, tirò dritto verso la cancellata.

«Ma cosa fa?» urlò il commissario. Plinio arrivò in derapata. Frenò, montò in piedi sulla sella, si attaccò agli spunzoni di ferro, e gridando *ahia* per la lombaggine che non gli era ancora passata, si catapultò dall'altra parte. Gatti riuscì a inchiodare appena in tempo per non sfondare la cancellata, mandando Taddei a battere il naso contro il parabrezza.

«*Gnuggno begniffimo*», farfugliò la Mummia che non riusciva più a pronunciare neanche la T.

Gatti si arrampicò sul tetto dell'auto. Da quella posizione avrebbe potuto saltare anche lui dall'altra parte, ma ormai era inutile. Plinio aveva fermato al volo un motorino, aveva fatto scendere il malcapitato ed era ripartito in velocità sul viale che costeggiava la cancellata. Gatti non rispose alle richieste d'aiuto del ragazzo che piagnucolava seduto sul marciapiede. Non c'era tempo. Risalì in macchina, mise la retromarcia, e ripartì verso l'uscita del parco, schizzando fango sull'abito bianco di una suora canossiana di passaggio che divenne d'un colpo marrone come una benedettina.

Nonostante il ritardo accumulato, i nostri intravedevano ancora il casco giallo in fondo al rettilineo. Ma il fuggiasco aveva troppo vantaggio. Lo videro fermarsi davanti a un complesso residenziale, abbandonare il motorino e correre dentro chiudendosi il cancelletto alle spalle.

Quando anche loro arrivarono davanti all'edificio, Plinio era già sparito. Scesero tutti e quattro dall'automobile. Gatti guardò la pulsantiera all'ingresso e sospirò: in quel condominio senza portineria e con sei scale differenti c'erano almeno cento campanelli.

«Allora dove suono?» chiese la Mummia.

«Taddei, non fare domande stupide. Prendi la radio e chiama i rinforzi», ordinò il commissario. Poi prese in disparte Maria.

«Non è che Giacomo ha qualche idea?»

«Adesso non gli si può chiedere niente, commissario. Ha la nausea. Lui soffre la macchina»

«Cosa dobbiamo fare? Dargli una pastiglietta?»

«Ma non può prenderla. È invisibile»

«Non può prendere la pastiglia però ha la nausea», commentò Gatti con un sorriso forzato. «Non fa una piega».

L'ambulanza

Mentre le quattro volanti della Polizia chiamate prontamente – si fa per dire – dalla Mummia, correvano da Lecco a Milano, sulla corsia opposta galoppava a sirene altrettanto spiegate un'ambulanza. Silvia Penna, la sorella di Gigio, guidava con la consueta energia. Aveva finito il suo turno e stava tornando a casa quando il fratello le aveva telefonato. Era piccolo, ma se voleva qualcosa era difficile dirgli di no. Lei non ci aveva nemmeno provato: aveva subito rimandato l'appuntamento col fidanzato, tentando addirittura di chiedergli in prestito la macchina. E siccome lui aveva risposto picche, Silvia si era ricordata che nel garage della Croce Rossa giaceva da un pezzo una vecchia ambulanza da riparare. Si era offerta di portarla dal meccanico e ora la stava spingendo a tavoletta verso Lecco per raccogliere Gigio e la sua amica. L'officina aveva aspettato tanto, poteva aspettare ancora un po'.

Quattro volanti

Dalla finestra di uno degli edifici del complesso residenziale, Plinio Lo Russo, in mutande, vide arrivare altre quattro volanti.

«Facciamo presto», disse.

L'uomo dal saio damascato gli passò una parrucca bionda e un vestitino a fiori. Plinio se li infilò.

«Come ti sembro?»

«A parte i peli sulle gambe, le spalle larghe e le mani da pugile, sei una vera sventola»

«È il meglio che si poteva fare. Scavalcherò il muro di confine e uscirò a piedi dal cancello dell'altro palazzo. Non dovrei avere problemi», disse Plinio.

«Tu no, ma io sì. Come ti è venuto in mente di venire proprio qui? Adesso finisce che mi incastrano»

«Ci sono più di cento appartamenti a questo numero civico. E non hanno visto dove entravo. Tieni i nervi a posto e non succederà niente»

«Maestro, si è dimenticato di me?» chiamò una voce sottile dall'altra stanza.

«Vengo subito. Lei intanto rilassi i muscoli e concentri la mente!» rispose l'uomo dal saio damascato. «Devo andare»

«Aspetta. Dobbiamo ancora decidere come fare con la Maschera del Faraone»

«Non la porti via tu?»

«Così se per caso mi fermano ho addosso anche il corpo del reato»

«Non vorrai lasciarla qui? E se perquisiscono l'appartamento? Come faccio a farla sparire? Mica sono un mago...»

«Smettila di piagnucolare e cerchiamo di fare un piano. La maschera deve arrivare in Svizzera a tutti i costi entro stasera. Il nostro uomo l'aspetta là»

«Maestro, io non riesco a rilassarmi...» chiamò ancora la vocina.

«Fammi andare un momento sennò questa si disorienta. È una fissata»

«Credulona?»

«Una totale invasata del paranormale»

«Questa donna può essere la nostra salvezza»

«Che idea ti è venuta?»

«Hai una piantina in casa? Un geranio, un'azalea, qualcosa?»

«Ho un papiro»

«Ottimo. Vai a prenderlo subito»

«Ma è tutto secco, mi dimentico sempre di bagnarlo»

«Non discutere e fa come ti ho detto!» intimò Plinio sottovoce. I suoi occhi facevano paura.

Piantoni

Mentre l'uomo dal saio damascato sul terrazzino recuperava la piantina, il commissario Luigi Gatti davanti al cancello organizzava i piantoni.

«Voi due, qui davanti alla macchina. Voi altri due, alle porte dei garage sul retro. Taddei, tu vai al condominio qui accanto. Ho l'impressione che i due complessi siano in comunicazione. Gli altri con me, suoneremo ad ogni appartamento»

«E noi, capo?» disse Massimo che era rimasto in disparte insieme a Maria. Gatti nella concitazione si era dimenticato dei bambini. Poteva rischiare a portarli con sé? E se quel Plinio Lo Russo fosse stato armato?

«Voi aspettate qui»

«Ma capo, possiamo dare una mano...»

«Qui, ho detto», disse a voce alta per farsi sentire dagli altri poliziotti che non capivano cosa ci facessero i bambini, ma non osavano chiedere niente. Gatti si avvicinò a Massimo e Maria e sussurrò:

«Se *percepite*, correte là in fondo a dirlo a Taddei. Gli ho dato ordine di darvi retta. Ma mi raccomando, solo a lui»

«Andiamo bene, la Mummia...» commentò Massimo mentre il commissario si allontanava. Estrasse di tasca un pacchetto di caramelle col buco e se ne sparò tre in una volta sola. Maria fece una smorfia di disgusto e si tirò in disparte. Giacomo continuava a fare il gioco del silenzio e lei cominciava davvero a sentirsi giù di morale. Le pareva di essere inutile, lì in mezzo a una strada a guardare per aria. Fortuna che almeno aveva smesso di piovere.

Il papiro

La giovane donna era sdraiata sul materassino originale giapponese, a occhi chiusi e talmente rilassata che sembrava facesse il morto a galla. Dalle casse dell'impianto usciva il rumore del mare, e da sotto un cappuccio damascato arrivava una voce profonda come una caverna:

«Io ho un'usanza, che ho imparato da un vecchio monaco mongolo. Per ogni sorella che entra nella sfera dei miei insegnamenti, pianto un papiro, perché il papiro è l'albero della scrittura, e la scrittura dà significato alle cose».

L'uomo dal saio damascato tossì forte, perché a furia di fare la voce cavernosa si era scorticato la gola. Poi si abbassò e prese la piantina tutta rinsecchita.

«Ecco il tuo papiro. Ti sta aspettando da tempo immemorabile. Ora io te lo consegno».

Se la donna avesse aperto gli occhi, si sarebbe accorta che il *maestro* aveva la fronte sudata per la tensione. Invece li tenne chiusi e disse semplicemente:

«Grazie»

«Non ringraziare me, ringrazia il vecchio monaco mongolo...»

«E come faccio a ringraziarlo?»

«Lui è morto in esilio, in Svizzera, in un punto pieno di energia. Tu prenderai la pianta e la depositerai così com'è, con tutto il vaso, vicino al posto dove lui ha lasciato il corpo. Dove una volta c'era la sua tomba ora passa l'autostrada Lugano-Bellinzona. Al tredicesimo chilometro c'è una piazzola di parcheggio, con un cipresso altissimo. Ai piedi di questo cipresso tu metterai la piantina. E il monaco mongolo sarà il tuo protettore per tutta la vita. Ti ho fatto qui un promemoria per non sbagliarti. Apri gli occhi...»

E qui l'uomo dal saio damascato le passò una cartina stradale, e con un pennarello ci fece sopra un circolino rosso. La donna prese il papiro e lo guardò con commozione.

«Ha bisogno d'acqua», disse.

«Ma ancora prima ha bisogno del tuo amore», osservò gravemente il *maestro*.

In quel momento suonò il campanello. Il trillo lo fece sussultare.

«Bene, ora ho da fare. Può darsi che per un po' non ci si veda. Ma tu hai capito qual è la tua missione. Còmpila, e còmpila subito stasera. Ora vai... No, non da quella parte, dalla porta del retro»

«Perché?» domandò la giovane donna mentre l'uomo dal saio damascato l'accompagnava verso la scala di servizio.

«Perché? Già, perché? Perché è alla chetichella, in silenzio e da una porta stretta che si entra nella terra pura».

Il campanello trillò di nuovo. E lui le chiuse la porta in faccia cercando di prodursi nel miglior sorriso che aveva. Poi gridò:

«Vengo!» Buttò gli occhiali neri e togliendosi al volo il saio, corse all'altro ingresso, spalancò la porta e si trovò davanti un uomo di mezza età con un ciuffo di capelli dritti in testa che gli mostrava un tesserino.

«Polizia», disse il commissario Luigi Gatti.

Un tipo sospetto

«Polizia», disse l'agente Taddei detto Mummia a un ragazzo con jeans e berretto da baseball che usciva dal portone del condominio di fianco.

In verità non c'era affatto bisogno che si dichiarasse, visto che era in divisa. La Mummia chiese i documenti al ragazzo e se lo studiò: aveva una faccia che non gli piaceva affatto. E portava una borsa nera e bombata che poteva nascondere un fucile o addirittura un mitra. Mentre leggeva il nome sulla carta d'identità vide con la coda dell'occhio passare una bionda altissima con un vestitino a fiori. Alzò lo sguardo in tempo per vederla da dietro. "Però!", pensò la Mummia. A parte i peli, aveva davvero delle belle gambe.

Il sospettato risultò essere l'amico dei gemelli Di Zio dell'Interno 5 Scala F, i quali garantirono per lui: era un ottimo chitarrista. Mentre il ragazzo rimetteva lo strumento nel fodero e si allontanava, Massimo arrivò di corsa.

«Agente, Giacomo ha ricominciato a parlare».

La Mummia lo seguì immediatamente, anche se non aveva ben capito chi era Giacomo. Ma questo non era un problema solo dell'agente Taddei: a parte Maria, chi era Giacomo non l'aveva capito nessuno.

«Sì, Giacomo, va bene... Però smettila con le piante africane perché lo sai che a me la botanica non interessa... Ecco, bravo... Sì, adesso ce l'ho qui davanti... Certo che se non mi dici quello che devo chiedergli...»

L'agente Taddei guardava Maria con l'occhio completamente spento. L'avessero bendato potevano esporlo al Museo Egizio.

«Scusi agente, ma Giacomo mi fa disperare... Allora? Vuoi degnarti?... Niente, si è rimesso a parlare di piante africane...» In quel momento dal cancello secondario del condominio dai cento appartamenti uscì una giovane donna con la faccia da ragazzina. Aveva in mano un vaso.

«Papiro!» gridò Massimo, come se si trattasse di una risposta di *Cinequiz*. «Era questo che voleva dirci Giacomo!» La Mummia guardò quel ragazzino grassotello alzando impercettibilmente le sopracciglia. Gli studiosi di egittologia avrebbero potuto decifrare in quell'espressione un *embé?*

«Fermi quella donna», ordinò Massimo. L'agente Taddei non sapeva che fare. Però le disposizioni del commissario erano chiare, bisognava obbedire. Raggiunse la donna e disse:

«Polizia. Favorisca i documenti».

Lei rispose con un sorrisetto. Le pareva di aver già visto quella faccia da morto in piedi, forse una volta che era andata a trovare suo marito in ufficio.

«Con piacere», disse aprendo la borsetta. Gli passò la patente di guida. La Mummia lesse *Scaccabarozzi*. Non poté impallidire perché già era pallido di suo. Ma scattò sull'attenti e salutò portandosi una mano alla visiera del berretto.

«Sempre a sua disposizione, signora Caterina».

A rapporto

Il questore sbriciolava le foglie secche della piantina di papiro che sua moglie gli aveva appoggiato sullo scrittorio.

«Insomma, l'unica cosa che siete riusciti a fare è stato fermare Caterina...» disse a un commissario Gatti abbacchiato peggio di un abbacchio.

«Sì, ci scusi. È stato un errore. Ma che ci faceva lì?»

«Ci abita il suo maestro, un certo Piercarlo, Piergiorgio...»

«Ah, Gianfranco Balò. Sono stato nel suo studio, ma non ho visto niente di interessante. A parte che tiene un saio damascato come tappetino all'ingresso»

«E l'automobile di questo Lo Russo piuttosto? L'avete perquisita?»

«L'abbiamo smontata pezzo per pezzo, ma non abbiamo trovato niente. Però era improbabile che nascondesse la maschera egizia in macchina...»

«Certo, se poi gliela rubavano?»

«A parte che era già rubata. Da lui»

«Appunto. E quella contorsionista di cui mi parlava?»

«Cien-ciu? Abbiamo interessato l'Interpol e l'hanno bloccata con tutta la carovana del circo alla frontiera tedesca. Ma non hanno trovato niente. L'unica cosa è che effettivamente non aveva il morbillo. Se l'è cavata con una multa del direttore del circo».

Il questore allargò le braccia e si lasciò cadere sulla poltrona.

«Sono rovinato».

Qualcuno bussò alla porta dello studio.

«Entra, Caterina».

La giovane donna si affacciò sulla soglia.
«Amore, mi accompagni in Svizzera?»
«Quando?»
«Adesso»
«Sei diventata matta?»
«Su, facciamoci un viaggio insieme. I viaggi uniscono»
«Ti sembra che io di punto in bianco parto e vado in Svizzera? Con tutti i guai che ho?»
«Magari li risolveresti in un colpo solo»
«Ma dove?»
«In un posto pieno di energia dove un monaco mongolo ha lasciato il corpo»
«Scommetto che è un'idea di quel Gianfabio, Gianluca...»
«Gianfranco. E non offenderlo come sempre»
«Quando fai questi discorsi mi mandi al manicomio. Capisci che sono in un'età a rischio? Che a parlare di monaci mongoli mi puoi provocare un embolo?» gridò Elmo e in un eccesso di furore prese il papiro e fece per buttarlo sul pavimento.
«No! Fermo», urlò a sua volta Caterina strappandoglielo di mano. «Sei pazzo? Quel papiro è tutta la mia vita»
«E dieci anni insieme cosa sono stati?»
«Un macigno di cui un po' alla volta sto cercando di liberarmi. Ciao. Vado da sola come al solito».
La donna gli girò le spalle e uscì dallo studio con la piantina in mano.

«Vai vai...» le gridò dietro il questore. «Vai in Svizzera, in Mongolia, in Manciuria, basta che non senta più certe idiozie... Tipo quella dei paranormali»

«Ah, dunque era una sua trovata...» commentò Gatti.

«Più che sua, di quel suo maestro»

«Però come idea non era male»

«Gatti, non ci riprovi», si infiammò di nuovo il questore. «Abbiamo detto che la vicenda è chiusa? È chiusa».

In Svizzera

L'ambulanza cominciò a scoppiettare, a tossire e a rimbalzare come uno yo-yo. Silvia Penna reagì cercando di sfrizionare, di accelerare, di scalare, di tirare l'aria, insomma di fare una cosa qualsiasi per farla smettere. Niente da fare, il furgone si bloccò in mezzo al sentiero con una fumata bianca che uscì dal cofano come un geyser.». Gli ho tirato troppo il collo», pensò la ragazzona bionda. Nell'entusiasmo della corsa si era dimenticata che l'ambulanza era destinata all'officina, quindi qualcosa di rotto doveva averlo per forza.

«E adesso?» chiese Gigio alla sorella più grande. Aveva una faccia delusa. Sì, perché il bastoncino puntava in una direzione precisa almeno da un paio d'ore, cavolo.

«Adesso bisogna cercare i soccorsi», disse Silvia e provò a chiamare dal suo cellulare. Ma non c'era campo. Accidenti, erano in Svizzera, in mezzo alle montagne, su una strada sterrata, di sera e non faceva neppure caldo.

«Di qui mi sa che non passa nessuno»

«Se aspettiamo domani mattina», replicò Gigio «qualcuno che cerca funghi lo troviamo».

Doveva essere una battuta ma nessuno rise.

«A furia di dire di qua di là, a destra a sinistra, guarda dove ci hai portato», protestò Silvia.

Brunella guardò Gigio scuotendo la testa. Lui sapeva benissimo cosa voleva dire quello sguardo: sei scarso. Come se la responsabilità del guasto al motore fosse sua.

«Però voi della Croce Rossa dovreste essere un po' più precisi con la manutenzione», protestò Gigio.

«Ascoltate!» disse improvvisamente Brunella.

«Cosa c'è?»

«Lo sentite anche voi?»

Gigio e Silvia tesero le orecchie. Tranne qualche grillo che cominciava a cantare, c'era silenzio. Ah no, in sottofondo, lontanissimo, si sentiva un leggerissimo *vron vron*.

«Cos'è, l'orso delle montagne svizzere che russa?»

«È una strada. E dev'essere appena di là da quella collina»

«Mettiti in marcia subito e vai a cercare aiuto», disse Silvia al fratello.

«D'accordo, vado, vado...» disse Gigio. E si avviò verso la collina con la testa ciondolante.

«Aspettami, vengo con te», disse Brunella correndogli dietro. «Poliziotti e suore, sempre in due».

Si guardarono in faccia. A Gigio scappò da ridere.

Ma dopo la camminata in mezzo ai rovi, il buonumore se ne andò. I due arrancavano in salita senza neanche vedere bene dove mettevano i piedi, perché nel frattempo era sceso il buio. Brunella era nervosissima.

«E adesso a che ora torneremo?»

«Come faccio a saperlo...»

«Sai cosa succede se arrivo tardi? Per dieci giorni dalla casa-famiglia non mi fanno uscire»

«Stai tranquilla, mia sorella ha avvertito il commissario Gatti»

«Sai quanto le importa, alla mia assistente sociale, di tua sorella e del commissario Gatti. Accidenti a quando ti ho dato retta»

«Ma se hai voluto venire via subito! Eri così gasata all'idea di andare sull'ambulanza...»

«Sì, di andare sull'ambulanza. Davanti però. Non sdraiata sul lettino con la mascherina dell'ossigeno in bocca»

«Era l'unico modo per farti passare alla frontiera senza i documenti»

«Puzzava di gomma quella mascherina. Faceva schifo»

«Se vuoi al ritorno ti attacchiamo la flebo...» disse Gigio cercando di fare lo spiritoso.

Agenti senza pistole

«Sai che le tue battute non fanno ridere? Veramente, danno solo i nervi». Gigio voleva trovare una bella risposta a tono, ma non gli veniva in mente un bel niente. Fortuna che proprio in quel momento scollinarono e videro l'autostrada a poche centinaia di metri da loro. Senza più parlare si misero a correre per la discesa, e in pochi minuti arrivarono alla recinzione, proprio in prossimità di una zona di sosta. Non fu nemmeno necessario scavalcarla, perché qualcuno, forse un cane, aveva fatto un buco sotto la rete da dove era agevole passare.

Sulla piazzola c'era un'automobile ferma con la portiera aperta. Appoggiata alla portiera, una giovane donna stava guardando in alto, in direzione degli alberi. I due ragazzini arrivarono ansimanti.

«Abbiamo un'ambulanza col motore rotto qui vicino...» disse Gigio. Ma la donna lo interruppe con una vocina sottile.

«Cercavo la piazzola al chilometro tredici. Sapete se è questa?»

«Non siamo del posto. E abbiamo un'ambulanza...»
La donna indicò un albero.

«Secondo voi è un cipresso?»

«Sì, credo. Sembra un cipresso. Le dicevo: siccome siamo rimasti fermi con l'ambulanza...»

«Sentite bambini, non ho tempo. Ho una cosa importante da fare»

«Ma non ci potrebbe dare una mano? Magari solo portarci fino al primo distributore per chiamare il carro attrezzi»

«Magari dopo»

«Dopo quando?» chiese Brunella, che cominciava a perdere la pazienza.

«Dopo. Quando ho finito di fare l'offerta al monaco mongolo»

«E quanto ci si mette con questo monaco mongolo?» insisteva Brunella.

«Il tempo che ci vuole, va bene?» disse la donna alzando la vocina. «E adesso basta, lasciatemi in pace»

«Insomma ci porta o non ci porta?»

«No. Gli zingari sulla mia macchina non li faccio salire, chiaro?»

La donna girò le spalle ai bambini, aprì il bagagliaio della macchina e fece per estrarre una piantina. Brunella strizzò gli occhi e istantaneamente la cerniera del bagagliaio cedette, e il portellone si richiuse proprio sul vaso, che cadde dalle mani della donna e andò a rompersi sull'asfalto della piazzola. Una maschera egizia costellata di lapislazzuli rotolò sull'asfalto e andò a fermarsi vicino ai piedi di Gigio.

«Ma quella è...» gridò Gigio. E prima che la donna potesse riaversi dalla sorpresa, lui e Brunella le saltarono addosso.

«Sei in arresto», gridò Gigio.

«Siete impazziti? Lasciatemi...» diceva la donna cercando di liberarsi dall'assalto dei due ragazzini.

«Dicci dove l'hai rubata!»

«Mio marito vi farà arrestare, piccoli delinquenti. Sono la moglie del questore Scaccabarozzi».

Agenti senza pistole

I nostri due ebbero appena il tempo per scambiarsi uno sguardo allibito perché in quel momento un camion entrò nell'area di parcheggio. Brunella fu rapidissima a intuire il pericolo. Mollò Caterina e con un balzo raccolse la maschera, giusto un attimo prima che il camion la schiacciasse sotto le ruote.

«Scappiamo!» gridò a Gigio. E prima che Caterina e il camionista capissero cos'era successo, i nostri due si erano già buttati nel buco sotto la rete e, protetti dal buio della notte, erano spariti sulla collina.

Il camionista

Corsero senza parlare, scorticandosi le gambe sui rovi e ruzzolando per terra ogni tanto, ma per rialzarsi subito dopo e senza un lamento. Cioè, per dire la verità, Gigio si sarebbe anche lamentato, ma siccome Brunella non si lagnava per niente, per non fare figuracce rimase zitto anche lui. A un certo punto videro la sagoma bianca dell'ambulanza.

«Là in fondo», disse Brunella. E allungò il passo. "Per essere una femmina corre davvero forte", pensò Gigio. Faceva fatica a tenerle dietro.

Arrivò per prima. Stava per chiamare Silvia quando si sentì prendere alle spalle e trascinare per terra dietro un cespuglio. Una mano le tappò la bocca.

«Zitta», le ordinò sottovoce Gigio. «Non è da sola».

I due bambini si alzarono in ginocchio e guardarono al di là del cespuglio che li proteggeva. Vicino a Silvia c'era un uomo alto e grosso che andava avanti e indietro, come se facesse la guardia all'ambulanza.

«Ma quanto tornano questi *pampini*?» chiese a un certo punto l'uomo. Parlava con un forte accento tedesco.

«Non lo so», rispose Silvia con un po' di agitazione nella voce.

«Hanno preso *occetto* che non *tofefano prentere...*»

«Hanno... rubato qualcosa?»

«Sì, *rupato, rupato*. E ora *defono* restituire...»

«È il camionista», sussurrò Brunella nell'orecchio di Gigio. «Era arrivato apposta per prendere la maschera»

«Sì, lo credo anch'io»

«Che cosa facciamo?»

«Uscire allo scoperto è troppo rischioso. Dobbiamo portare in salvo la maschera»

«E come?»

«Torniamo all'autostrada», Gigio indicò il buio alle loro spalle.

«Vuoi lasciare tua sorella da sola con quel tizio?»

«Se la cava. È cintura nera di karatè»

«Ma se non ci facciamo vedere penserà che ci è capitato qualcosa»

«In famiglia abbiamo un sistema infallibile. Sta a vedere», disse Gigio. Tirò fuori di tasca una cosa che a tutta prima sembrava un secondo bastoncino, solo più corto e più dritto. Invece era una semplice penna biro trasparente. Gigio tolse il refill e il gommino che la chiudeva dietro, prese il fazzoletto di carta che aveva imparato a tenersi sempre in tasca, ne strappò un angolo, se lo mise in bocca e lo risputò un attimo dopo tutto bagnato.

«Che schifo», bisbigliò Brunella. Gigio non le diede retta. Del pezzo di carta fece un pallottolino, verificò che ci passasse a misura nello stelo della biro e ce lo infilò dentro. Poi si alzò leggermente sopra il cespuglio, mise in bocca la biro e mirò la testa di capelli biondi di sua sorella Silvia.

Pic. Il pallino arrivò a segno proprio sulla nuca della ragazzona.

«Ah...» si lasciò scappare Silvia con un sorrisetto che voleva dire: *ho capito tutto*.

«Ah cosa?» chiese il camionista, sospettoso.

«No, dicevo: ah, che stupida, ho lasciato a casa il panino che mi ero preparata. Lei non ha niente da mangiare? Ho una fame...»

«*Manciare*? No, niente *manciare*»

«Se mio fratello fosse qui», disse Silvia a voce un po' più alta, in modo da essere sicura che lui la sentisse, «gli direi: torna a casa di corsa a prendermelo! Gli direi proprio così. A casa di corsa»

«Oh yaaa», disse il camionista che non aveva capito un accidente. Poi tirò fuori dalla tasca del giubbotto un moncone di sigaro e fece per accenderlo con un accendino di plastica. Dal suo nascondiglio Brunella strizzò gli occhi. La fiammella deviò e invece di puntare sul sigaro lambì il pollice del camionista.

«Oh yuuu», urlò l'uomo lasciando cadere l'accendino. «*Tolore!*»

A Silvia scappò da ridere rumorosamente. Gigio ne approfittò.

«Andiamo», disse sottovoce. Strisciò via carponi e Brunella lo seguì.

A testate

Il dottor Adelmo Scaccabarozzi stava trascorrendo la seconda peggior notte della sua vita. La prima era stata a sette anni, quando ebbe l'orticaria. Allora passò la notte a sfregare la testa contro il muro. Sta-

Agenti senza pistole

volta invece stava passando la notte a batterla, la testa. Sempre contro il muro. La solenne riconsegna era fissata per l'indomani a mezzogiorno. E nonostante Gatti avesse impiegato tutti gli uomini a disposizione, della Maschera del Faraone non c'era traccia. Italo avrebbe passato nelle mani del Primo ministro egiziano un falso. Ma lui cosa poteva fare a quel punto, proporre un regalino di riserva? In casa aveva una rarissima collezione di figurine dei calciatori. Però non era la stessa cosa...

Sentì le chiavi girare nella toppa. Tirò l'ultima testata e andò verso l'anticamera, imbambolato.

«Chi va là?» gridò. Caterina accese la luce. Aveva la

faccia scura.

«Sono io, chi vuoi che sia?»

«Ma dov'eri?»

«In Svizzera, accidenti, te l'ho detto che andavo in Svizzera...»

«Già, mi ero dimenticato. Il monaco mongolo. E come sta?»

«È morto»

«Condoglianze»

«Vent'anni fa!»

«E allora perché sei così triste?»

«Perché quando ho bisogno di te tu non ci sei mai!»

«Caterina, abbi pazienza, sono nei guai fino al collo. C'è un caso importante che non si risolve. Sembra di battere le testate contro il muro... cioè più che sembra, si battono veramente...»

«Il lavoro, sempre il lavoro! E di tua moglie non ti importa niente? Sai che in Svizzera sono stata assalita?»

«Da chi?»

«Da due zingarelli a una piazzola sull'autostrada»

«Ti hanno scippato la borsa?»

«Peggio»

«Ti hanno fregato la macchina?»

«Peggio».

«Peggio? Cosa c'è peggio della *mia* macchina? Ti hanno ammazzato e tu sei il fantasma di Caterina che mi viene ad avvertire?»

«Elmo! Piantala di dire cretinate. Mi hanno fatto

rompere il vaso del papiro per il monaco mongolo»

«Ah... gravissimo. Li hai denunciati? Perché penso che in Svizzera per un reato del genere ci sia il carcere a vita...»

«Non fare lo spiritoso. È una cosa seria. Quel vaso conteneva il tesoro della mia vita. E quei due disgraziati se lo sono portato via»

«Peccato che sia successo oltre confine. Fosse stato di qua, avrei scatenato i miei uomini»

«Col solito risultato di non scoprire un accidente. Lasciami andare a dormire»

«Sì, è meglio dormirci su. Domani vedrai tutto sotto una luce differente. E soprattutto non sarai più la moglie del questore»

«Vuoi divorziare, Elmo?»

«No, è che io non sarò più questore. Ti dan fastidio le martellate sul muro?»

«Perché?»

«Sto cambiando la disposizione dei quadri in studio. Volevo appenderne ancora un paio...»

Vertigini

L'autostrada non si trovava e Gigio ebbe l'impressione che il bastoncino stesse facendo cilecca.

«Era di qua» disse Brunella.

«No, da questa parte»

«Ma lì c'è la montagna...»

«Fidati».

Presero a camminare su una pietraia, ma più avanzavano e più la salita diventava ripida e pericolosa. Dovettero camminare piano e poi pianissimo, perché ad ogni passo rischiavano di scivolare giù. A un certo punto Gigio non sentì più i passi di Brunella dietro di sé. La chiamò sottovoce, ma lei non rispose.

Per un attimo ebbe paura. Tornò indietro camminando come un gambero. Poggiava le mani sulle pietre per non scivolare.

«Brunella?» La trovò rannicchiata vicino a un masso. Piangeva senza farsi sentire. «Ti sei fatta male?»

«No»

«Allora perché piangi?»

Brunella non rispose. Ora singhiozzava senza ritegno.

«Forza, andiamo», le disse Gigio. Ma lei non si alzava.

«Vai tu io non vengo»

«Cosa ti viene in mente?»

«Non posso»

«Ma perché?»

«Perché io...» disse, poi si interruppe.

«Avanti parla»

«Io non riesco più a muovermi. Ho paura. Soffro di vertigini»

Gigio le fece una piccola carezza su un piede.

«Oltre a spostare gli oggetti col pensiero, sei anche un fachiro?» le chiese cercando di farla ridere. La ragazzina lo prese sul serio e scosse la testa.

«Beh, peccato. Perché mi sa che dovremo dormire

su un materasso di sassi».

Quattro litri di latte

«Sì, ho capito, Giacomo, ma sono le sette e io voglio dormire ancora... È inutile che continui a parlarmi di montagna. No, l'alpinismo non mi interessa. E non ho voglia di fare passeggiate. Soprattutto a quest'ora... Cosa vuol dire bisogna mandarli a prendere? Mandare a prendere chi?... Non lo sai. Ecco,

Agenti senza pistole

allora se non lo sai stai zitto e lasciami dormire».

Maria spense l'abat-jour. Ma ormai la luce filtrava anche dalle persiane e le era passato il sonno. Rimase ancora un po' a rigirarsi, poi si mise a sedere sul letto.

«Adesso sei riuscito a svegliarmi. Cosa facciamo a quest'ora? È domenica, dorme anche la mamma... Io scendo a fare colazione. Giacomo?... Oh, Giacomo?... Niente... Adesso ti sei addormentato tu? Non si può andare avanti a essere amici, così. Abbiamo orari troppo diversi».

Nel grande frigo della pensione non c'era nemmeno il latte fresco. Maria prese venti euro dalla cassa della spesa, si mise addosso una felpa ed uscì.

Il piccolo supermercato all'angolo faceva il turno ed era aperto. La bambina caricò diligentemente quattro litri di latte nel carrello e si presentò alla cassa. Davanti a lei c'era una signora che aveva comperato i panini e due etti di prosciutto.

«Vai a fare un pic nic, Carla?» le chiese la cassiera.

«Sissignora. L'officina meccanica è chiusa. Gianni mi porta in Svizzera a far funghi»

«Sì, Giacomo, ho capito...» disse la bambina in fila dietro di lei, «però non puoi star zitto fino adesso e poi gridarmi nelle orecchie... Va bene, glielo dico».

Le due donne la guardarono, sorprese.

«Scusi, lei è Carla la cameriera del commissario Gatti?»

«Sì, ma tu chi sei?»

«Sono Maria, conosco il commissario e... senta, se

Agenti senza pistole

vuole trovare i funghi deve andare al sentiero sterrato che c'è vicino al chilometro tredici dell'autostrada Lugano-Bellinzona»

«Ah.. e tu sei... un'intenditrice?»

«No, ma mi dicono che lì ne troverà di buoni».

Carla guardò la cassiera che le strizzò l'occhio e fece un *ehm* come se volesse parlarle in privato.

«È la figlia della signora Voltolina, che ha la pensione lì all'angolo», disse sottovoce, «passa per essere un'indovina»

«Allora mi sa che le do retta», sussurrò Carla. «Sono tre settimane che non vedo un porcino!»

Gasp

La più elegante era Maria Luisa, la moglie del ministro dell'Interno. Poi, volendo fare una classifica, veni-

vano: la moglie del Primo ministro egiziano Dudum Hiunasi, quattro mogli di funzionari in lungo, una decina di altre donne elegantissime e, buona ultima, Caterina, che si era messa un vestito corto nero con un collettino bianco. Già diversi invitati le avevano chiesto un prosecco, scambiandola per una cameriera. Uno gliel'aveva chiesto con una tale autorità che Caterina era addirittura andata a prenderglielo, in fondo all'immenso salone affrescato della villa di Cernobbio dove di lì a poco sarebbe cominciata la solenne cerimonia della riconsegna.

Fuori dal salone, nel giardino all'italiana che guardava sul lago, tutto era preparato per la festa, con buffet, tavolini, orchestra, addobbi floreali e camerieri in guanti bianchi. C'erano anche le televisioni col loro armamentario di apparecchiature e microfoni. Dentro era tutto un andirivieni di funzionari in doppiopetto, un gran sorridersi, farsi cenni e stringersi le mani. Sembravano tutti quanti euforici ed eccitati. Tutti, tranne il dottor Adelmo Scaccabarozzi, che stava appoggiato alla parete con un bernoccolo blu sulla fronte, e il commissario Luigi Gatti che si aggirava per la sala col telefonino in mano per avere le ultime notizie dalle pattuglie.

«Allora?» gli chiese il questore. L'ansia gli faceva vibrare i peli delle orecchie.

«Non abbiamo più speranze», disse il commissario abbassando la testa.

«E io cosa faccio?» piagnucolò Elmo. «Si rende

conto che questo segnerà la fine della mia carriera e di conseguenza della sua?»

Gatti allargò le braccia.

«Le allarghi ancora un po' Gatti. Belle tese. Ecco, così è un perfetto vigile urbano. Mestiere che andrà a fare dopo che la cacceranno a calci nel sedere dalla polizia!»

«*Sssht*», fece il commissario. Tutti si erano girati a guardarli e Adelmo Scaccabarozzi si rese conto di aver alzato la voce senza accorgersene. Il ministro dell'Interno gli si avvicinò minaccioso.

«Si discuteva di calcio, Italo», disse Elmo per giustificarsi.

«E ti sembra il momento?»

«Italo già che sei qui, avrei una cosetta da dirti»

«Me la dici dopo. A cerimonia finita. E voglio anche il rapporto sul caso Savoiardi che mi auguro avrai risolto»

«Brillantemente Italo, brillantemente. Invece per quanto riguarda quell'altra cosetta…»

Il resto della frase non si udì, perché in quel momento fuori attaccò a suonare la fanfara dei bersaglieri. *Paparappa-parappa-para…* Due carabinieri in alta uniforme si scostarono dalla porta e lasciarono passare un drappello che portava l'urna di vetro sotto la quale giaceva quella che tutti, tranne i nostri due, credevano essere l'autentica Maschera del Faraone.

Alla fine della musica ci fu un applauso generale. L'urna fu posata su un tavolo, dietro al quale si allinearono il ministro dell'Interno e il Primo ministro egiziano con le relative consorti. Le telecamere e i microfoni vennero puntati come fucili.

«Prima di incominciare questa solenne cerimonia che suggella l'amicizia fra il popolo italiano e quello egiziano, vorrei chiamare al tavolo gli esperti orafi dei due paesi che potranno convalidare l'autenticità e il valore del reperto che l'Italia dopo due secoli ha deciso di restituire ai suoi legittimi proprietari. In segno di perenne amicizia».

Quattro signori eleganti, con la speciale lente degli orafi già piazzata su un occhio, si avvicinarono al tavolo.

«Sono morto», disse semplicemente Elmo a Caterina che si era attaccata al suo braccio.

«Ti agiti sempre per niente, caro», lo confortò Caterina. «Tutto sta andando bene, non vedi? E anche Italo è di buon umore»

«Vedrai fra un attimo».

Gli esperti orafi sollevarono il coperchio dell'urna di vetro e Caterina istintivamente si staccò dal marito per sporgersi verso il tavolo.

«Ma quello è il tesoro del monaco mongolo!»

gridò.

Tutti si voltarono verso di lei.

«Cosa ti salt...» stava per dire Elmo. Ma Caterina gridò più forte:

«Era nella pianta di papiro!» e cercò di avvicinarsi per prendere la maschera. Le telecamere ora erano puntate su di lei. Fu un attimo: Italo guardò Maria Luisa, perso, e lei gli fece un cenno forte, col pugno. Lui si riprese all'istante, si girò verso i carabinieri e indicò col dito la donna. I carabinieri scattarono a prenderla sottobraccio e la trascinarono fuori. Caterina gridava:

«Va subito portata in Svizzera e seppellita sotto il cipresso!... Ehi, giù le mani, sono la moglie del questore... Elmo dì qualcosa a questi buzzurri...»

Elmo tremava come un babbuino impaurito.

«Scusate, scusami Italo, mi scusi anche lei Primo ministro... Mia moglie è molto stanca e... scusate...»

Elmo si mise in ginocchio. Ora tutte le telecamere erano su di lui.

«Alzati, idiota...» gli bofonchiò Italo all'orecchio. «Stiamo facendo la figura dei cretini... Ehm... non è successo niente, signor Primo ministro, care amiche e amici... un po' troppo prosecco. Succede a tutti. Chiudiamo l'incidente e ricominciamo da capo».

Fu così che due valletti misero di nuovo la maschera nell'urna di vetro e i bersaglieri attaccarono a suonare. *Paparappa-parappa-para...*

Quando ebbero finito, la cerimonia ricominciò.

Agenti senza pistole

Fu tolto per la seconda volta il coperchio e gli esperti orafi si avvicinarono per la perizia, mentre le due delegazioni si scambiavano di nuovo sorrisi e salamelecchi. Il dottor Adelmo Scaccabarozzi, boccheggiante contro la parete, era pronto al colpo apoplettico. Gatti, accanto a lui, era pronto al massaggio cardiaco.

L'orafo egiziano alzò la testa per primo e parlottò sottovoce col suo collega che gli rispose con cenni negativi. Anche gli esperti italiani stavano confabulando. I due gruppi si consultarono brevemente e con grande imbarazzo. Poi il più anziano di loro si avvicinò al ministro dell'Interno e disse:

«Dopo aver sentito il parere dei miei colleghi, devo purtroppo annunciarle, signor ministro, che questa maschera è...»

Ma non riuscì a pronunciare l'ultima parola, perché in quel momento un'ambulanza a sirene spiegate sfondò la sbarra d'ingresso al giardino, schiacciò gli addobbi floreali, travolse i tavoli apparecchiati, fece lo slalom fra i camerieri che urlavano, abbatté i microfoni e la batteria dell'orchestra e andò a fermarsi contro il portone seicentesco della sala che si sbriciolò come un biscotto secco. Mentre tutti erano immobili per lo stupore, una ragazzona bionda scese dall'ambulanza e sorrise col sorriso più ingenuo del mondo.

«Ce l'abbiamo fatta, commissario», disse rivolgendosi a Gatti, che era l'unico fra tutti a non essere impietrito. I carabinieri in alta uniforme impugnarono le pistole e le puntarono sulla ragazza.

«Fermi», gli ordinò Gatti. «È dei nostri».

Un attimo dopo dal furgone uscirono Gigio, Brunella, Maria e Massimo. Brunella aveva in mano la maschera egizia e la consegnò al commissario.

«Questa è quella vera», gli disse.

«Lo dice anche Giacomo», confermò Maria.

«Appartiene al faraone Asarkan ed è databile al 527 avanti Cristo, anno dispari», aggiunse Massimo.

Gigio non disse niente, ma fece un piccolo cenno affermativo al commissario. Il quale raggiunse il tavolo dove il ministro dell'Interno, il Primo ministro, i funzionari e le relative mogli erano rimasti senza fiato, e passò la maschera ai quattro esperti orafi.

«Perdonate l'irruzione, ma i ragazzi temevano di non arrivare in tempo. Una potente organizzazione criminale ha tentato di sostituire la maschera, ma noi siamo riusciti a bloccarla».

Ci fu un *ohh* generale di approvazione. E contemporaneamente gli esperti orafi diedero un segnale positivo ai funzionari.

«Voi italiani, *semprre* pieni di *sorrprese*», disse Dudum Hiunasi, che raddoppiava ogni "r".

«Ma chi sono quei bambini?»

«Devono essere... devono essere...» Italo si stava perdendo. Guardò Maria Luisa che gli sussurrò la parola *nipoti* e indicò col dito Silvia.

«Ah sì, i nipoti di quella donna poliziotto»

«Ho capito, una *coperrta*», disse Dudum Hiunasi

che voleva dire *una copertura*.

«Una coperta. Anzi una copertina eh eh eh...» disse Italo cercando di buttarla sul ridere. Elmo intanto si era rimesso e in poco meno di un minuto era passato dal collasso all'euforia. Scolò d'un fiato due bicchieri di prosecco prendendoli al volo dal vassoio dell'unico cameriere che non era volato a gambe all'aria e si avvicinò al tavolo della presidenza. Presi sotto braccio i due ministri, cominciò a parlare al microfono.

«Caro Italo... Lo chiamo per nome perché da piccoli giocavamo insieme a guardie e ladri, e io fin da allora facevo la guardia, e lui fin da allora era un...» qui Elmo ebbe un sussulto di lucidità e si corresse al volo «... era una guardia anche lui... Caro Italo, caro Dudum, chiamo per nome anche te... Ecco qui la maschera originale. Ce la siamo sudata, ma permettetemi di ringraziare tutti quelli che hanno collaborato alla riuscita di questa cerimonia. GASP! Di più non posso e non voglio dire. GASP! Tanto chi deve capire ha già capito, e agli altri... è inutile che lo spieghi. Abbiamo cominciato bene. Andiamo avanti così. Caterina!» urlò, «spero che tu in questo momento mi senta. Caterina... e scusate la parentesi personale, ma anche Dudum ha una moglie e mi capisce... volevo dirti che il merito è anche tuo, perché sei tu che hai dato il *la* all'iniziativa. Grazie. Il prossimo week-end ti porto in Svizzera. I viaggi uniscono. Ho finito».

Poi si rivolse ad Italo:

«Sono andato a braccio, visto che scioltezza?»
«Dopo facciamo i conti, idiota».
Nello sconcerto generale, Gigio, Maria, Massimo e Brunella si abbracciavano. Gatti era con loro e approfittò per dare un bacino anche a Silvia, che arrossì.
«Come avete fatto?» domandò il commissario.
«È una storia lunga», gli disse Gigio.
«Avrete tempo di spiegarmela»
«Però lei deve subito arrestare il maestro della signora Scaccabarozzi. È lui il complice di Plinio Lo Russo»
«Gianfranco Balò?»
«Ha cercato di nascondere l'originale nel vaso che la signora Caterina doveva portare in Svizzera»
«Beh, è incredibile. Pensate che l'idea della vostra

squadra in pratica la dobbiamo a lui...»

«Giacomo dice di dare un'occhiata anche alla lista delle sue pazienti, per quella cosa dei biscotti...»

«Invece il complice gliel'abbiamo portato direttamente noi, è legato dentro l'ambulanza», aggiunse Silvia.

«Plinio Lo Russo?»

«No, capo. *Quegglio* mi *scià* che ci è *scifuggito* per *scempre*», farfugliò Massimo che aveva agguantato un vassoio di salatini e se li stava spazzolando a manciate.

«È un camionista svizzero, forse l'uomo che doveva rivendere la maschera», disse Silvia.

«Mia sorella l'ha steso con un colpo di karate»

«Comunque se siamo arrivati in tempo è merito della sua colf, che su consiglio di Giacomo è venuta a cercar funghi proprio dove io ero in panne con l'ambulanza»

«E di suo marito Gianni che ha aggiustato il motore», aggiunse Brunella.

«E di Brunella che si è fatta venire un attacco di vertigini e mi ha costretto a scendere invece di salire in montagna», concluse Gigio.

«Colf? Gianni? Montagna?» ripeteva Gatti, che non riusciva a raccapezzarsi. Gigio provò a spiegare, ma la fanfara dei bersaglieri aveva ricominciato a suonare e la cerimonia della solenne riconsegna della Maschera Egizia ebbe inizio per la terza volta.

Nell'allegria generale squillarono le trombe *paparappa-parappa para...* e Massimo approfittò della situazione per sganciare una puzza rumorosa.

«Ha capito adesso, commissario?» disse Gigio quando la musica finì.

«Niente», rispose Gatti che nella confusione non aveva afferrato neanche una parola.

«Gliel'avevamo detto che era una storia complicata»

«Me la rispiegherete al corso»

«Quindi si continua?»

«Certo. Non avete sentito il questore? Ha detto GASP»

«Pensavo fosse lo spavento»

«Io credevo avesse il singhiozzo»

«Gasp?»

«Gruppo Agenti Senza Pistole. Siete voi!»

Nella stessa collana:

192 pagg.
ISBN 88-88716-28-9
euro 12,00
consigliato dagli 11 ai 99 anni

La storia degli uomini, dalla clava ai robot, scritta da un *comunista* per i ragazzi, ma dedicata anche ai grandi (*comunisti* e no).

"Un documento straordinario, per la capacità di sintesi e precisione di cui dà prova l'autore, ma anche per quel suo saper parlare ai più piccoli con gran rispetto dell'intelligenza"
Simonetta Fiori, *La Repubblica*

"A me questa idea di una storia universale sembra bellissima, realizzata in modo geniale. C'è un lato molto divertente: la negazione della dimensione eroica dei protagonisti. Mi sembra una lettura molto adatta ai ragazzi, magari affiancata da altri testi"
Luciano Canfora, *Corriere della sera*

"Semplice ed efficace, sarebbe un peccato rinunciare a leggerlo, anche perché si fonda sull'idea che i bambini non vadano solo intrattenuti, ma anche messi in condizione di pensare, fare domande e formarsi un'opinione sulla vita e sul mondo"
Francesca Lazzarato, *Il Manifesto*

"Un libro che può aiutare a capire meglio la tensione etica di Rodari, moralista laico e antidogmatico, in un testo qui indubbiamente condizionato dall'ideologia ma senza pretese propagandistiche, pervaso sempre dall'onesto spirito del dubbio e della verifica"
Donatella Trotta, *Il Mattino*

"Pagina dopo pagina resteremo stupiti per la mancanza del puzzo stantio dell'ideologia, per l'assenza di frasi fatte. Rodari raccontava la storia con passione senza nascondere il suo amore e il suo rispetto per il lavoro, la giustizia sociale e il suo rifiuto per le guerre"
Marina Morpurgo, *Diario*

"Rodari morì nel 1980, e allora questa bella favola sulla storia del mondo l'ha portata a termine, per una riedizione di successo, Dario Fo, premio Nobel amato dai bambini"
Il Foglio

Nella stessa collana:

96 pagg.
ISBN 88-88716-35-1
euro 10,00
consigliato dai 12 ai 99 anni

Veniamo tutti dall'Africa. Lo hanno scoperto gli scienziati percorrendo a ritroso la storia genetica dell'umanità, trasmessa solo per via femminile. Oggi in quel continente le ragazze subiscono più che altrove le conseguenze della miseria e dell'ignoranza. Con la scuola, Internet e il loro entusiasmo il futuro sarà migliore.

"Un piccolo volume divulgativo che parte dal ritrovamento di Lucy, avvenuto in Etiopia nel 1974, per raccontare la storia delle donne africane, fatta di emarginazione e lotte, di difficoltà e vittorie, creatività e coraggio"
Francesca Lazzarato, *Il Manifesto*

"Potrebbe ben essere una super nonna Rita Levi-Montalcini e idealmente lo è con *Eva era africana*, una galoppata a ritroso nel tempo, per tracciare un albero genealogico della specie umana dove l'antenato comune individuato dagli studiosi, la progenitrice 'deve essere necessariamente' di sesso femminile. Il libro è dedicato ai preadolescenti e averlo dato, da parte della Levi-Montalcini, a Gallucci è il giusto riconoscimento a un editore che lavora al meglio per l'infanzia"
Mirella Appiotti, *ttL-La Stampa*

"Tra i libri più interessanti di questa edizione della fiera del libro di Bologna: il debutto nella 'letteratura per l'infanzia' di un Premio Nobel per la Medicina: Rita Levi-Montalcini"
Elena Baroncini, *Il Sole-24 Ore*

Stampato per conto
di Carlo Gallucci editore srl
presso la tipografia Tibergraph
di Città di Castello (Pg)
nel mese di maggio 2005